下戸の夜
本の雑誌社

眞踏珈琲店

甘いアイス珈琲と生クリームの
二層が美麗なブラン・エ・ノワール。

「ルッコラの海に溺れるクロック・ムッシュ」。
下戸の夜にうれしいボリューム

アイス珈琲と
いちごのレアチーズケーキを
カウンターで

パフェに酔う

東京
CAFÉ BARNEY カフェバルネ
メロンのパフェ

宮崎
フルーツ大野
トロピカルパフェ

京都
SUGiTORA スギトラ
ショコラパフェ

下戸の夜

本の雑誌編集部下戸班編

本の雑誌社

下戸とは酒を飲めない人を指す言葉。
対して酒飲みを上戸と言う。
なんだか下に見られているような、
お酒を飲まない下戸の民。

『下戸の夜』では、
お酒のない夜を過ごす下戸の生態をゆる～くお披露目。
飲み会への逡巡も、酔いの憧れも。
下戸が支えた文壇史に夜の愉しみ。
酔っぱらいのみなさまも登場します。

酒がなくとも人生は進む！

目次

1 下戸の矜恃

2 夜のおでかけ

3　下戸と主張

6 下戸とお酒と

1

下戸の矜恃

夏目房之介、人生の酒を語る

昭和の酒

僕は、大学生の頃は少し飲んだだけで頭ががんがん、心臓はドキドキで死にそうになってしまうというくらいの下戸だった。当時の学生の飲み文化はひどいもので、大学では先輩との権力関係でお酒を強要される。「俺の酒が飲めないのか」って漫画みたいなことを本当に言われるんだから、お酒のプレッシャーはすごかったな。みんなは飲み続ければ慣れると言うけれど、そんなわけがない。断るのが大変でけっこう飲まされたが、「あいつは変人だから」というポジションを得てなんとか切り抜けることができた。

酔っぱらいはたくさん見てきたね。性格がよく普段は大人しくてあんまり喋らない人が、お酒を飲んだら目が据わってくる。周りは知っていて飲ませるし、本人も「もうやめろ」と言われるとやめない。しだいに青白くなって突然テーブルをひっくり返す。「巨人の星」みたいなの。僕はそういう文化を知らなかったからびっくりした。

酔っぱらい観察記

そんな目に遭っていたのに飲み会は好きだから、よく一緒に出かけた。自分はソフトドリンクか、薄いお酒を作ってもらって真っ赤になって付き合って。演劇関係の友人とは新宿のゴールデン街にもよく行って、引き続き、お酒で人が変わるのを観察していた。中学からの友達でもお酒を飲むと人が変わってしまう。怒って泣いて、落語の「仕立て下ろし」の枕そのまんまみたいなことが実際にあるとはねえ。

僕は楽しい酒の相手は好きだけど、みんながそうとはいかない。酒が入ると愚痴愚痴言ったり、目が合ったと喧嘩をはじめたり。そういう人たちとの付き合いは長続きしないものだ。

かけだしライター時代

酒席が拡げてくれた世界もある。かけだしのライター時代は、ヤングコミック（少年画報社）編集者の筧悟さんのはしご酒にずいぶんご一緒した。新宿よりもアウトロー色が強くて敬遠していた夜の渋谷を、あちこち案内してもらった。僕は薄ーいお酒で、ほとんど残して次に行く。筧さんはベロンベロンとまでは酔わなかったね。

その頃分かったのは、こっちは一緒に飲みに行くのは楽しいし気にならないんだけど、酒飲みは相手がシラフなのが苦手みたいということ。相手も一緒にバカになってもらいたいんだ。

新人ライターになり、修行を積み、週刊朝日で連載を持っていよいよという二十代の終わりから三十代、ちょうど八十年代に入る頃には、酒の席に同化できるようになった。身のこなしを覚えて、一滴も飲んでいなくても、みんなが酔っている中にいると酔ってくる。一種の演技で、自分がそのつもりになっちゃうから誰も気づかない。飲んでないと言うと、ウソー！って驚かれたくらいだ。

カラオケに目覚める

三十代でカラオケにはまり、これは下戸人生の転機になった。あるとき入った新宿二丁目のゲイバーで、ママの歌う美空ひばりがうまくてね。ただ巧いんじゃなくて、一番を子どもの頃の美空ひばり、二番を小林旭と結婚したころ、三番はその当時の美空ひばりと歌い分ける。この歌に惹かれてカラオケ修行に通い始めた。お店の人たちは舌鋒鋭くて鍛えられた。

僕は両親が音楽家で、子どもの頃から音楽が身近にあって音には敏感。音程の狂いが気になって十代のころは一切歌わなかったから、余計に下手だった。三十代になってからカラオケでほぼ初めて人前で歌ったんだけど、流行した演歌とか昔聞いた歌をよく覚えているんだよね。漫画に音楽と、試験に出ないことばっかり僕の頭には入っているんだ。

カラオケで歌う時、シラフだと音程が気になってしょうがない。それで薄いウーロンハイとかを飲んで歌ってみたら、気にせず歌うことができた。僕のカラオケは声がデカくて、踊りながら歌うスポーツカラオケ。汗をかくから、ちょうどいい。それまで酒は気持ち悪くなるものでしかなかったけど、このときようやく、気持ち悪くなる手前に「酔う」という状態があると知った。これは気持ちいいんだね。飲んでは歌いを繰返していたらすこしだけ飲めるようになったけど、最高でも薄〜いモヒート三杯まで。飲むのはカラオケの時だけで、何もせず座って飲んでいると、すぐに気持ち悪くなる。だからいまだにパーティーでもウーロン茶かお水を飲んでいる。海外でももちろん。

ぼくの趣味は、漫画、中国武術とカラオケの三つ、どれも自分のストレス解放法だ。漱石もカラオケと中国武術があったら気の持ちようが違っていたかもしれない。漱石は謡をやっていたから、激しい踊りを加えたらよかったかもしれないね。

酔っぱらった！

一度だけ見事に酔っぱらったことがある。むかし沖縄に遊びに行った時、友人の知人が歓迎してくれて、僕が下戸だと知らないからどんどん勧めてくるんだ。島の焼酎のお湯割りを七杯飲んだ。それが人生で最大の飲酒量。このときは不思議とすいすい飲めちゃったんだよ。ストレスがなかったからか、沖縄の空気のおかげか。べろんべろんになって民謡酒場で歌ったことくらいしか覚えていない。ふらふら歩いて、最後は明け方の海岸で太極拳。翌日、血中にアルコールが残っているのはわかったけど二日酔いもなかった。

下戸の矜持

今、僕は大学で教えていて学生と飲みに行くことがたまにある。でも、飲み会でも食事会でも、教授っていうのはいるだけで権力なんだ。そういう人物はおカネだけ払って先に帰るのがいい。これは死守している。

僕は下戸だけど酒の席が好きだ。食べ物がおいしい居酒屋に一人で行けないのが悔しかったんだけど、最近、近所に定食屋を兼ねているような居酒屋を見つけて馴染みになりつつある。下戸にとって行きつけの居酒屋は憧れだったからうれしいね。

夏目房之介

なつめふさのすけ

1950年東京生まれ。青山学院大学卒。マンガコラムニスト。学習院大学大学院教授。出版社勤務後ライターに。マンガ、エッセイ、漫画評論を手がける。1999年、手塚治虫文化賞特別賞を受賞。著書に『手塚治虫はどこにいる』『マンガは今どうなっておるのか?』『孫が読む漱石』など多数。

夏目家の酒

僕の父(ヴァイオリニストの夏目純一)は一滴も飲めなかった。祖父の漱石もほぼ飲まなかったけど、叔父さん(夏目伸六)は大酒飲みだった。

父は変わっていて、飲めないのに家にお酒はある。彼はヨーロッパに長く暮らして、お酒が飲めなくて苦労したんじゃないのかな。居間に高級酒をたくさん並べて、客に飲ませる。それを目的に来る人もいて、叔父さんもそうだった。酒飲みは最初は機嫌がいいでしょう。父はそれを見ていてうれしいらしく、ふるまっては「どうだ?　この酒は」と感想を聞いてよろこんでいた。父の社交を僕も受け継いでいて、いいお酒を部屋に置いてある。パソコンやらを診てくれる人が来てくれた時に飲んでもらうためだ。

小松政夫が語る植木等
お酒が苦手な師匠と大酒飲みの弟子

まずはお酒の話から

僕はお酒が大好きなんです。下戸の本のお役にたてるでしょうか？　昔からたくさん飲んできたけれど、お酒で身体を壊したり失敗をしたことはほとんどないんですよ。泥酔して朝まで寝ちゃうようなことはあるけれど。暴れるわけでもないし、喧嘩も口論もしません。楽しいお酒です。

梅宮辰夫さんとは一時期近所だったもんだから、よく家族同士でお酒を飲んでいました。梅宮さんが「コマツは飲むと自分のネクタイをぎゅうぎゅう締め上げてる」と教えてくれたんです。覚えていないんだけど、乱れないように自分を正していたんだと思いますね。

飲みすぎて寝坊したこと、あったなあ。伊東四朗さんとのテレビの生放送の仕事で一回だけ。昔のバラエティ番組はちゃんと台本があって、リハーサルを何回も直前までするんです。朝の八時半集合だったのが寝過ごしちゃってね。電話がかかってきても「小松さん家にいるんですか。弱ったなあ、弱ったなあ」とばかり言うから最初は何が弱ったのかわからなかったんだけど、「もう十時ですよ！」って言われてハッと気が付いた。その頃は新宿に住んでいて赤坂のＴＢＳまで十五分ぐらい。慌ててスタジオに着いたらもう本番を待つだけという状況でした。生放送の本番には間に合ったんだけど、ナレーションを撮り直したいと言われてもハイトーンの声が出ないほどだった。でも次の週、プロデューサーが「小松さん、昨日お酒飲んでないの？　誰かビール買ってこい！飲ませろ！」なんて言ってね。その回の視聴率が好評でとても良かったんだって。

ふるまうのがお好き

師匠の植木等さんはお酒がまったく飲めないけれど、お酒の雰囲気は大好きな方でしたね。バーやクラブには僕が一緒だった時は一度も行かなかったな。

植木さんはスタッフにも気を配る人だった。当時の植木さんは年に四本も主演映画を撮るような人気者です。無責任シリーズの古澤憲吾監督は早撮りが有名で、二カ月ぐらいで一本撮る。「走れ！　走れ！」が口癖で、役者もスタッフもみんな走りまわっていました。

撮り終えるたびにスタッフを労うのが毎回行事で、古澤組のみんなが集まるんです。昔は助監督だけでもチーフ、セカンド、サードって五人ぐらいいるし、更に大道具さん、小道具さんと関わったスタッフをみんな招待します。多摩川の撮影場の近所に料亭があって、そこを貸し切って宴会をしていました。植木さんからはいつも「今日は運転しなくていい。慰安会だからお前が率先してお酒を飲ませて、大いに盛り上げてほしい」と頼まれます。私は宴会男ですから「お安いご用です」と率先して歌って踊って盛り上げる。植木さんは、みんなが「マツはおもしろいですね」と言うのを喜んでくれていましたね。

植木等のすごいところは、お酒を一滴も飲まずに、最後まで酒の席に付き合うんです。

植木さんにお酒を勧める

弟子になった頃は、植木さんの「飲めない」がどのくらいなのか知りませんでした。酒造の前を車で通ったら酒粕のにおいでフラフラになって、脱輪したことがあるなんて言っていたんだけど、落語じゃあるまいしねえ。毎年正月二日には、僕が運転手を務めて年始の挨拶回りに出かけます。そのとき、ふとお猪口を裏返して高台にちょろっとお酒をたらし、勧めてみたんです。「植木さん、何十年も飲んでいないんでしょう」「いや、何十年ど

ころか一滴も飲んだことがないんだよ」「今日は試しで飲んでみてください」。植木さんがちょろっと舐めたら、あっという間に息が荒くなって倒れ込んでしまってその日はアウトです。俺の年始がお前のおかげで、と長く言われました。

植木さんが演じる「酔い」

僕の酔いっぷりの影響なんて、いえいえ、滅相もない。ただ、植木さんは人が飲む様子をよく見ていて、石橋エータローが大変な酒豪だったとか、誰々はたいしたことはないなんて話はしょっちゅうしていました。植木さんは「酔い」を体験できないのに自分の芸にできた。優れた観察者だったんですね。

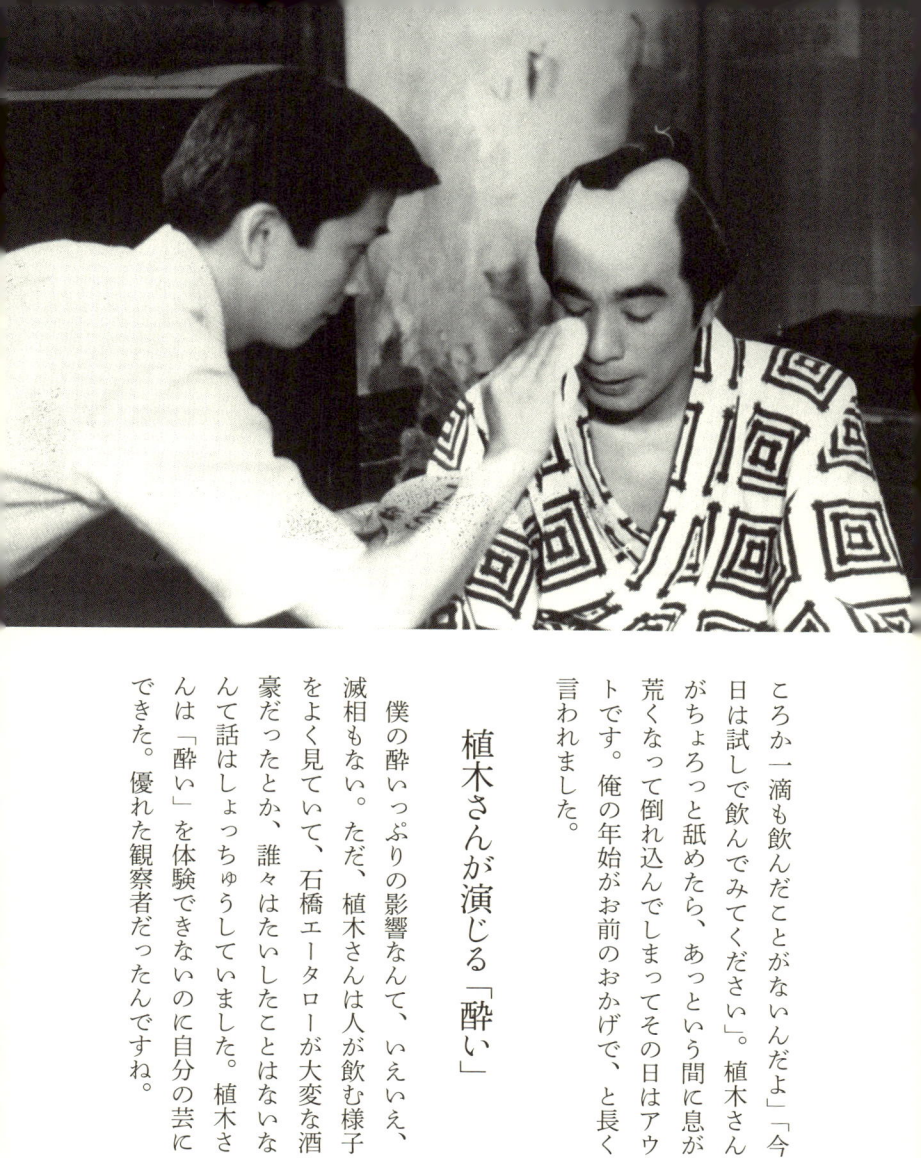

小松政夫
植木

あれだけご機嫌に酔っぱらいを演じるんだから、植木等はお酒を飲むと思っている人が多かったですよ。だから植木さんにお酒が沢山送られてくるんです。植木等に送る酒だからいい酒ばっかり。それを全部もらっていたのが僕です。酒だけは困りませんでしたね。サントリーがビールを始めた頃で、ビールが山のように送られてきて、知人宅の冷蔵庫も間借りして置いてもらっていました。

高倉健さん、勝新太郎さんとの酒

僕はお酒を飲まない人の会によく招かれました。高倉健さんは映画でご一緒した時に誘ってくれました。同席した小林稔侍さん、田中邦衛さんも飲まない。プロデューサーは遠慮して飲まない。僕は高倉さんに飲んで楽しませてくれと頼まれて、一人で飲んで、電線音頭やらいろいろとやりましたね。

勝新太郎さんともお酒の思い出があります。三波伸介さんが亡くなった時だったかな。お通夜が一段落ついた夜中の十一時ごろに、勝新太郎さんがお線香をあげに来てくれました。帰り道、駅まで歩いていたら、ジャガーを運転する勝さんに呼び止められて「代々木上原まで帰ります」「近所だから乗って行け」と、ご自宅にお招きいただきました。玉緒さんとお子さんにマネージャーさん、お手伝いさんもいらしたね。勝さんの家では「ルイ13世」というおいしいブランデーを飲め飲めとご馳走になりました。そのうち勝さんが「クレイジーキャッツは洗面器でバンバン殴り合いをしているけど、痛くないのか」と聞いてきた。あれはやり方にコツがあって音が大きいときは痛くない、底が凸凹になると痛くなる。スリッパでも同じなんですよと教えてあげたら、勝さんが「やってみてくれ」と言うんだもの。仕方がないからスリッパで勝さんの頭をスパーン！と。一回でやめればいいのに、「痛くないでしょう」って五回も六回もはたいたから、勝さんのマネージャーさんは固まっていました。僕はそのまま勝さんの家で寝入って早朝に目が覚めた。なんだかスリッパで勝さんをはたいた記憶がある。そーっと帰ろうと思ったら、お手伝いさんが「勝からです」とルイ13世をお土産に持たせてくれました。スリッパのことが気になっていたんですけど、渡辺プロの新年会で勝さん夫妻と会えたんです。千人は集まる大きな会で、向こうから人をかき分けてきた勝さんが大きな声で「おお、小松！　お前、俺の頭をパンパンなぐりやがって！」。あれは夢じゃなかったんですね。勝さんも楽しかったみたいで、ホッとしました。

酔いを演じる

一九八二年、四十歳のときに上演した「四畳半物語　サラリーマン物語」は、サラリーマンが帰宅して就寝するまでをみせるひとり芝居です。泥酔ではないほろ酔いぐらいのサラリーマン。「ああ、そういうこと僕もやるよ。そうそう知ってる」という感想でいいと思って作ったんだけど、幕を開けたら爆笑でした。あれはリアルな笑いです。舞台には四畳半の一部屋。アパートのドアを開けてサラリーマンが帰ってきた。酔っているから靴をうまく脱げず、片方は履いたままで万年布団にバタン。突っ伏せて一分間ぐらい動かない。サラリーマンの宝のスーツのためになんとか起き上がって、スーツを脱ぐ。布団に転がって、思い出したかのように起きてジャケットをきちんとかけ、ズボンを布団の下に寝押しして。間違い電話をかけたり、ウイスキーを花瓶の水で割って飲んだり。酔いっぷりは泥酔はしてない、ほろ酔い加減を心がけました。

酔いを演じるために何をするか。僕は酔っぱらいだから、自分が経験したことをしっかりと思い返してみるんです。例えば、意識はしっかりしているのに足は動かない。とっとっとっと下半身だけが動いて、上半身はついていけず後ろに倒れるとか。足元がふらつくなと手すりに手をかけたと思ったら、街路の植木にザーッと突っ込んでしまったり。経験上、なんでだろうと思うことは何度もありますからね。

普段のお酒

飲むというのは、憂さを晴らすとか飲まなきゃいられないというのではないんです。気持ちがハッピーになるのがお酒です。

長生きするためにお酒を控えるのは僕の主義に反します。呑めるということは元気の証。実はつい最近、五カ月ほどお酒を断ってみましたが、大丈夫なものでした。やめようと思えばやめられる。けれど体調を気にして酒をやめるのは潔くない、つまらないなと思うんです。

酔い方は日によって違う。相手によっても変わってくる。つまらない相手がいたら席を立てばいい。

お酒を飲んで泥酔してもなんとか家に帰って来てるんですけど、実は一番怖いのは帰宅してからなんです。朝起きて、しずしずと朝ごはんを食べていると突然、奥さんが「あんなになる前で飲まなきゃいいのに……」なんて言う。あ、なんかしたんだなとサーッと血の気が引きますよ。

お酒が苦手な人にアドバイスを

体質で飲めないということはあるでしょうね。それは相手にしっかり伝えましょう。酒飲みは、みんなが酒好きだと思っているから。でも飲まないことを声高に主張しなくてもいいんじゃないですかね。飲んだふりをして交わす手もある。体調が悪い時は、まず焼酎の水割りを頼み、クスリ飲む用にお水を同じようなグラスに入れてもらって、こそっと替えておく。

植木さんは飲めないけれど、二次会、三次会とずっと付き合って、みんなと一緒にいるんですよ。自分だけ先にご飯を注文したりしません。

植木さんはつくづく言っていました。「お前は酒が飲めていいなあ。一日疲れた、明日も早いぞとなったら一杯飲んでコテンと寝られるだろう。お前がビールやウイスキーを飲んでいる頃に、俺はお茶飲んで饅頭食べて寝るんだよ」。そのお茶が濃くて寝つけなかったらしいです。植木さんは自分は飲まないけど、弟子や周囲に「お前だけ飲むのか？」なんてことは決して言わなかった。僕がお酒を飲むのをうれしそうに眺めて、お前は俺より一つ人生を得していると言ってくれるんですから。
植木さんと僕は幸せな師弟関係でした。

僕はこれまでの人生で、機知・機転・機敏を心がけてきました。飲まない人も、機知・機転・機敏を覚えてうまく立ち回れたらいい。お付き合いというのもあるでしょう。意固地になりすぎず、最初の一杯を頼んで飲んだふりでもいいじゃないですか。

それと、飲まない人といったら最後にこれは言い残しておこうかな。長いあいだ宴会部長を務めてきましたけれど、宴会で一番スケベになるのは飲んでいない人なんですよ。みんなが泥酔して転がってる隙間で、女の人を口説いているんですからね。

写真　3点ともに小松政夫氏提供

小松政夫

こまつまさお

１９４２年、福岡県博多生まれ。19歳で役者を目指し上京。転職を重ね、横浜トヨペットでトップセールスマンになるも、64年、植木等の付き人兼運転手募集に応募、６００人の中から選ばれる。その後、コメディアンとしてテレビデビュー、初舞台はクレージーキャッツの日劇公演だった。以降、テレビ、映画、舞台にと活躍。２０１１年より一般社団法人日本喜劇人協会10代目会長。

著書に『のぼせもんやけん』（竹書房）、『昭和と師弟愛 植木等と歩いた43年』（KADOKAWA）など。

ひょうげもん
コメディアン奮戦！

さくら舎
本体1500円＋税

「ひょうげもん」とは博多で「ひょうきん者」のこと。博多生まれで幼いころから人気の「ひょうげもん」だった著者が綴る、昭和・平成の面白話、凄い人、抱腹絶倒の芸。
独自の芸で笑わせ続けるコメディアンの一代記。

いい加減になろうという強い意志があれば、酔っ払いは可能である。

宮田珠己

先日フェリーに乗ったら、甲板で大学生の集団が輪になって騒いでいた。楽しそうだった。

私もきっと大学入学当時はあんなふうに騒いでいたのだろう。いちいち覚えていないが、大学の部活やサークルに入ると新入生歓迎の飲み会で酒を飲まされるのが通例になっていた。昔は世の中全体が未成年の飲酒に甘く、二十歳前でも飲んでいいかとあからさまに問えばダメという答えが返ってくるんだけど、そこはあえて問わないようにして、なんとなく大目に見てもらっていたのだった。

今回学生たちの輪の中を見ると、山積みになっていたのはコーラのボトルだった。今は、ちゃんと二十歳まで我慢する時代のようだ。

私は二十歳のときから禁酒している。私のアルコール人生は、大学入学から二十歳までのたった二年で幕を閉じた。二十歳と断定できる理由は、二十歳の記念に献血をしたからである。献血をしたら要精密検査の通知がきて、ビビりつつ病院へ行くと、肝臓がやばいので以後アルコールは慎むよう医者に言われたのだった。

その後社会人になってから祝いの席などで乾杯のビールを一杯だけ飲んだりはしたものの、それも徐々にしなくなって、今はまったく飲んでいない。

はじめの頃は酒が飲めないと「男のくせに情けない」と軽くハラスメントの対象になった。だが今では立場は逆転し、みな私の前にひれ伏すようになった。たとえ酒が飲めなくても高貴さを失わない私の姿に畏れをなし、自らすすんで自分の大切な車のキーを差し出すようになったのである。

ちなみに私が酒の席で何を飲んでいるかというと、よく頼むのはウーロン茶だが、あれは実は危険な飲み物なので注意が必要だ。三杯飲むと口内炎ができる。たぶんエイリアンの血みたいな成分でできていて、口の中の粘膜を溶かしてしまうのだ。なので二杯飲んだらジンジャーエールに切り替えることにしている。だが、これもパッとしない。シャキッと爽やかすぎて、酔っ払いと互角にわたりあうことができないのだ。

飲み会の席では周囲のほとんどが酔っ払いである。言ってみればこっちはゾンビに囲まれた真人間みたいな境遇であるから、ゾンビに対抗するには、自分もゾンビになるしかない。この世に酒を飲まない人でも酔っ払えるドリンクはないのか。と思っていたら、近年まさにうってつけの飲み物が登場した。

ノンアルコールビール。

これか、ゾンビと互角に渡り合うための最終兵器は。

ためしに飲んでみたらアルコールフリーなのに酔ったのである。

んなアホな、と読者は思うだろう。だがこのとき私は気づいたのだ。酒に酔うには、必ずしもアルコールの力を借りる必要はなく、絶対に酔っ払ってみせるという強い意志さえあれば可能だということに。

いつのことだったか高野秀行さんとふたりで飲んでいて、最後高野さんはだいぶ怪しくなり、私はノンアルコールだったのに、勘定のとき高野さんの計算は合っていて私は間違っていた。ほぼ何しゃべってるのかわかんなくなってる人より計算ができなかったのだ。

そのときの私はなんだかふわふわして気持ちがよかったのを覚えている。自分を甘やかす感じと言ったらいいのか。今この時間は難しいことを考えなくていいという。細かいことに責任とらなくていいという。ときには無礼であっても許されるという。そんな感じ。あれを酩酊と言わずして何と言おう。

以来、飲み会に誘われれば、まわりの雰囲気に応じて、ノンアルコールビールで酔っ払うことができるようになった。アルコールに頼らなくても、酔っ払いと歩調を合わせて自分を解放していけばいいのである。

あ、あいつなんかテキトーなこと言ってるな。おれもテキトーなこと言おう。おや、あっちに意味もなく歌ってるやつがいる。おれも歌おう。

そうやって自分のたがをゆるめていくと、自然と目がとろんとしてきて、言葉遣いもテキトーになり、言ってることもいい加減になって、どんどん酔っ払いに近づいていく。はじめは酔ってるふりでもいい。演技でやっているうちに本当に酔ってるような気がしてくるものだ。自分を大きな流れに委ねていくことが肝心。本物の酔っ払いも、きっと半分ぐらいわざとやってるにちがいない。

やがて気分がふわふわして自分を律するのが心底めんどくさくなってきたら成功だ。外面もそれに対応するようにめんどくさい何かになってるはずである。

とはいえノンアルコールにも限界はある。吐く、記憶がない、二日酔いで頭が痛いなど、そのへんまでいくのは至難の技だ。

悔しい。できればそうやってどんどん溶解していく自分をエッセイに書いてみたかった。文章は相当むにゃむにゃしたものになるだろう。でも辻褄が合ってなくたって日本語が変だって、酔っ払いを内側から描写していると考えれば問題はなく、むしろそのほうがリアルだったりして、お笑いエッセイのひとつの到達点になるかもしれない。

そして何より酔っ払いがうらやましいのは、帰った記憶はないけど気がついたら自宅の玄関で寝てたとかいう、あの才能だ。それって自分のなかのＡＩが自動運転で運んでくれているわけであろう。飲み会の何がイヤといって、終わったあと家まで帰るのがめんどくさいのであって、その点、酔っ払えば一瞬で帰れるのだから、こんな便利なことはない。

ノンアルコールでも可能だろうか。電車で寝てしまえばいいとか読書に没頭するなどの方法が思いつくものの、それでは乗り過ごす危険性があるし、記憶も残るだろう。記憶なしに家に帰る自動運転。あれができれば本望である。

宮田珠己　みやたたまき

１９６４年、兵庫県生まれ。大阪大学工学部卒業後、一度は就職するものの「旅をしまくりたい」と退職し、紀行エッセイストとして活躍して20年。無脊椎動物、四国遍路、巨大仏など好奇心の赴くままに得体の知れないエッセイを執筆。著書に『ニッポン47都道府県正直観光案内』『無脊椎水族館』（ともに本の雑誌社）、『東京近郊スペクタクルさんぽ』（新潮社）など多数。

2

夜のおでかけ

斧屋はパフェに酔う
――パフェに向き合い、自分と向き合う

「酔う」と言うとお酒の専売特許のようですが、酔う愉しみは、お酒だけで得られるものではありません。お酒以外のものに酔うことだってある。何に酔うか。僕はパフェに酔います。

パフェは日本で独自の進化を遂げている究極の娯楽、エンターテインメントです。自分へのご褒美にパフェを食べる、週1回ぐらいのパフェ時間を推奨します。休日に楽しむというよりは、仕事終わりの夜に幸せなひとときを過ごすのはいかがですか。ひと仕事終えた夜は、複雑に頭を働かせなくていい時間です。札幌のすすきの発祥の夜パフェ文化も浸透してきました。リラックスして味わう夜のパフェも格別です。

だからいつでも

パフェはいつ食べるものなのか。何時に食べるにしても妙なボリュームがあるから、タイミングが計りづらいものです。ボリュームから生じる居場所のむずかしさが、パフェを人から遠ざけていると思います。子どもの頃によく食べていたという、思い出の中の存在になりがちだけれど、それを夜の世界に復活させてもいいんじゃないでしょうか。食べたいなら、いつ食べてもいいんです。食べると決めてえいやっと食べましょう。〆にラーメンの方がよっぽど重たいですよ。

日本には素敵なパフェがたくさんあります。ふとパフェが食べたくなったというよりは、この日は食べると決めて挑む。「なんとなく」ではもったいないです。パフェはそれなりに値が張りますし、折角の機会ですから。

構造を愛せ

美しく盛りつけられたパフェを目の前にして、どこから手を付けたらいいのか迷ってしまうかも。僕は構造に忠実に、上から順番に食べていくのをお勧めします。パフェは構造がキモで、高価なパフェほど構造が考えられています。組み合わせの妙も味わいのひとつです。わざわざ混ぜる必要はありません。どうせ混ざっていくし、混ぜた方がおいしいのなら、お店から「混ぜて食べて」と言ってもらえるはず。可能であれば空きっ腹ではなく、軽く何かを食べた後に余裕を持って、時間をかけてゆっくりいただきましょう。

パフェの主役はパフェの名前になっているものです。チョコレートパフェならチョコレート。イチゴパフェならイチゴというように。各地でパフェを食べていると、主役のフルーツやお菓子などの具材が地域ごとに偏りがあるのが、とてもおもしろいです。札幌だとアイスが強く、九州はフルーツ主体のものが多いですね。季節毎に旬のものが用いられるフルーツ系は、できれば産地に近いところで食べてもらいたい。

リラックスのとき

一日に何軒かパフェのはしごをすることもありますが（1店では3つまでと決めています）、パフェに飽きることはありませんね。

パフェにはアイスやクリーム、フルーツ、ゼリーなど、一定の温度で保存できないものが一堂に会しています。テイクアウトするのは難しい。だからこそ、お店で食べる時間を大事にしてください。

加えるなら、一人でじっくり味わってみてください。リラックスした状態で、パフェと自分に向き合う時間をどうぞ。

斧屋《おのや》

パフェ評論家。ライター。年間３００本以上のパフェを食し、エンタメや文化としてパフェを考察するパフェ評論の第一人者。２０１５年にデビュー作『東京パフェ学』（文化出版局）を上梓。

Twitter @onoyax

斧屋 推薦！
アフターファイブに立ち寄る11店

パフェ、珈琲、酒、佐々木

札幌の〆パフェの
草分けである
「パフェ、珈琲、酒、
佐藤」の姉妹店。

北海道札幌市中央区南2条西1丁目8-2 アスカビル B1F◇地下鉄東西線札幌駅より徒歩15分ほど◇18時~24時(※金・土・祝前日は26時)◇不定休
☎011-212-1375

CAFÉ BARNEY（カフェバルネ）

ナチュラルワインと
フレンチデセールのお店。
パフェ以外の
フードメニューも多い。

東京都渋谷区富ヶ谷 1-2-12 田崎ビル1F◇小田急線代々木八幡駅・千代田線代々木公園駅すぐ◇平日＝19時~25時(土日＝18時~) L.O.フード＆デザート＝23時(※無くなり次第終了)、ドリンク＝24時半◇火曜＋不定休
☎03-6407-1393

THIERRY MARX dining

銀座4丁目交差点を
見下ろす立地。
4丁目（シメ）パフェは
バータイムのみの提供。

ティエリーマルクスダイニング◇東京都中央区銀座5-8-1 銀座プレイス7F◇東京メトロ銀座駅A4出口直結◇バータイム20時半~22時（L.O.21時半）◇日曜祝日定休
☎03-6280-6234

シメパフェ YELLOW TOMATO

名古屋随一の
アイスクリームを
中心とした
〆パフェ専門店。

愛知県名古屋市中村区名駅4丁目13-5◇各線名古屋駅より徒歩5分ほど◇13時~23時半（L.O.23時）※パフェがなくなり次第閉店◇無休（年末年始等休）

ジェラート専門店 SUGiTORA

100年以上続いた
スギトラ果実店の
閉店から約10年後に、
果実店主の子息が
開いたジェラート専門店。

京都府京都市中京区中筋町488-15◇阪急河原町駅より徒歩6分ほど◇平日：13時~20時半(L.O.20時)◇休日：13時~22時(L.O.21時半)◇火曜定休(※不定休有り)
☎075-741-8290

パフェ×酒 パフェテリア Largo

店名はイタリアの音楽用語で
ゆったり落ち着いた雰囲気を
楽しんでいただけるように。
珈琲にもこだわっており
店名と同じ高級豆を使用。

大阪府大阪市北区堂山町16-14 堂山MDビル2F◇JR大阪駅、各線梅田駅、大阪メトロ谷町線中崎町駅より徒歩5分から10分ほど◇11時半~14時半／15時~23時◇無休
☎050-5596-6479

フロランタン

チョコレートとパフェと
お酒がテーマ。
デザートをコースで
楽しむフィナンシェの
姉妹店。

大阪府大阪市北区曽根崎新地1-3-19 北新地ビルディング4F◇JR東西線北新地駅より徒歩3分ほど◇20時~24時（土曜＝18時~）、月・水・金＝15時~17時◇日祝＆第1・第3月曜定休
☎050-5594-6112

フルーツパーラーアニバーサリー

佐賀市内の
北島青果が経営。
パフェには
フルーツ盛り合わせ付。

佐賀県佐賀市呉服元町3-7 Hana bldg 1F◇JR佐賀駅より徒歩20分ほど◇17時~25時◇日曜定休
☎0952-26-8568

大名パフェ フルーツプラネット

福岡の青果店荒木商店の経営。
持ち歩き用のテイクアウトパフェもある。

福岡県福岡市中央区大名1丁目15-7ネオハイツ大名1F◇西鉄福岡駅より徒歩10分ほど◇17時~24時半(L.O.24時)◇水曜定休
☎092-791-9723

Kurocafe クロカフェ

新鮮な果物のパフェとおいしいコーヒーが看板メニュー。

福岡県北九州市小倉北区京町4丁目6-18◇JR小倉駅より徒歩10分ほど◇13時~18時/20時~24時◇木曜定休
☎093-967-3349

フルーツ大野　フルーツ大野アネックス

宮崎特産のフルーツを
中心に使用した
パフェを提供。
いずれもJR宮崎駅より
徒歩20分ほど。

フルーツ大野

宮崎県宮崎市中央通1-22◇11時~23時(L.O.22時半)◇日祝不定休
☎0985-26-0569

フルーツ大野アネックス

宮崎県宮崎市橘通西2-7-2 K&Kマンション2F◇18時~24時◇日曜定休、他不定休
☎0985-86-6288

※写真のパフェは既に取り扱いがない場合もあります。

喫茶店のカウンターでバー気分を

眞踏珈琲店

すぐそばに神田神保町の古本街が広がる地に喫茶店を開き、三年が経つ。眞踏《まふみ》珈琲店店主の大山眞踏さんにとって、神保町は高校生の頃から足を運ぶ馴染みの深い町。書店巡りはもちろん、音楽も大好きでレンタルCDジャニスの常連、毎月の半券デー（レンタル料の半額を金券でもらえる）を心待ちにしていた。

店内の階段脇と二階は壁じゅう蔦が覆うようにみっしりと本が並ぶ。その数、五千冊。漫画、小説、研究書、絵本に図録など多彩なジャンルの本が揃う。大半が大山さんの蔵書だが、自宅にはまだ二千冊ほど残っているそうだ。

ホームページに「珈琲と、本と、そして無駄話を愉しむ喫茶店。」とある。本の繁殖を逃れたのは一階のカウンター付近。バーにいる気分になるような珈琲店を意識したというカウンターでは、本を読みふける人もいれば、店主との会話が弾んでいる人もいる。月曜から土曜は二十三時まで営業、夜深くなってもアルコールの注文はほとんど入らない。チーズの盛り合わせを珈琲と共に食す「コーヒーとトレ・フォルマッジオ」という、ワインバー（下戸が単身で足を運びにくい難所）気分に浸れるメニューもある。

中心客層は十代後半から二十代と若く、足繁く通う高校生もいるそうだ。カウンターに入るのが楽しいと話す店主は、お酒を嗜む。神保町にも何軒か行きつけのバーがある。

眞踏珈琲店

東京都千代田区神田小川町 3-1-7
JR御茶ノ水駅、東京メトロ神保町・新御茶ノ水駅、都営小川町駅より徒歩５分ほど
平日・土＝11時～23時
日祝＝12時～21時
☎03-6873-9351
http://coffeemafumi.html.xdomain.jp/
Twitter @mafumicoffee

P9　ブラン・エ・ノワール 800円
P10-11　ルッコラの海に溺れるクロック・ムッシュ 1300円
P12　アイス珈琲といちごのレアチーズケーキ（ケーキセット）1200円

漏れ出る盛り場の灯火が好きだ

磯部祥行

お酒の味は好きだ。お酒の場も好きだ。そして、お酒を楽しめる場所を、外から通りすがりに眺めるのも好きだ。

といっても、立ち止まって観察するわけではない。通りすがりに、その楽しそうな雰囲気に一瞬当たることで、なんだかこちらも気分がよくなるのだ。お酒を楽しんでいる人たちのお裾分けに与る、というとしっくりくる。

窓のガラス越しに白熱灯でオレンジ色に照らされた室内には数個のテーブル、そこにいる人たちは本当に楽しそう。スマホのカメラを外からかまえて勝手に撮ってしまいたいくらいの笑顔がはじけている。お酒はきっと、他愛もない話でも、気分をとてもよくさせてくれるのだろう。それを見ているこちらも気分がいいよ。

自分の仕事が非常に立て込んでいたり、帰りが遅くなって「あーあ」と思っている時に、そういう楽しい気分をもらいに行く。勤務先のある東京の南青山から最寄り駅に直行せず、表参道裏通り（変な言い方だな）や裏原宿を通り、北参道あたりまでを、適当に曲がりながら3kmほど歩く。このエリアにはチェーンの大箱はなく、そのほとんどは小規模な店。客層は落ち着いた若め。そんなお店で男女がグループで談笑しているのを見て微笑ましく感じるし、自分が若い時は酒が飲めなくてもあちら側にいたんだよな、などと思ったりする。そして、自分がとうにその外側の年齢の人間であり、自分には二度とそういう場の主役になることはないのだなあ、などとも感じてしまう。

考えてみると、「酒が飲めないから遠巻きに眺める」ことは「すでに自分が年齢的に過去の人になったから遠巻きに眺める」ことに近いかもしれない。卒業した学校を見る、みたいな。

いやいや、でもそれは年齢層が若い街だから。遠巻きに、楽しい気分で眺めることに集中しよう。

金曜や土曜の夜、週末で街が浮かれている中、23時ころに自宅からランニングに出ることがある。走るのは幹線道路で、私鉄の線路を二つくぐり、JRの駅あたりで折り返してくる。あまり大きくない私鉄の駅の近くでも、気の利いた感じの飲食店が、やはり、ニギニギとしている。こんなところにバーがあったのか、という発見も少なくない。表参道と違うのは、客層。住宅街であるため、客層は仕事帰りの男性が一人でカウンターに座っていることも多いし、地元の夫婦なのかカップルなのか、そういう人たちが普段着で来ていることも多い。

そんな私鉄駅周辺を走って通り抜け、やがてＪＲの駅に近づく。私鉄駅とは比べものにならないほど遠くから「○○駅商店街」となり、煌々としたＬＥＤ街灯がカラー舗装を照らす。駅に近づくにつれ、店の密度は上がり、人通りも多くなる。ＪＲ駅は再び若い人が多い。それも学生が。0時を過ぎても多くのグループが行き交っている。

商店街の店は、初夏には窓もドアも開け放ち、外まで店が広がっている。楽しさの拡張だ。スタンディングの店は、そんな時期こそ最高で（たぶん）、入りきれないお客さんは……いや、外で飲めるからこそそういう店に集まる（たぶん）。こうなると、外から眺めて雰囲気のお裾分けに与るというよりも、大箱の店内にうっかり入ってしまったような感じだ。店の中と外が混然としている。それもまた、楽しい。

＊

さて、ここまでの話は、お酒が飲める人も「そうそう」と感じてくれる人もいると思うのだが、でもきっと彼ら彼女らは、ふらふらとお店に入ってしまうだろう。あるいは「日を改めて来よう」と思うはず。そこが、下戸と飲める人の違いだ。ここからは、下戸だか

撮影　磯部祥行

らこそ「酒が飲みたい！」という欲望が生じない話。

私はバイクやクルマで遠出をすることがよくある。夜半に東京を発ち、高速道路を使わず、下道で向かう。深夜はクルマも少なく、信号もほぼ止まらずに済む。皆さんが想像するよりもずっと早く３００km、４００km向こうの町に着く。その途中、1時とか2時に通る市街地で、まだ営業している店がある。聞こえてくるカラオケと賑やかな声。そこには間違いなく、楽しんでいる人がいる空間がある。そんなことを想像しながら一瞬で通り過ぎる。淡々と走ることが多い深夜の運転に差し込む、光のアクセント。

記憶に残っている光景がある。あるとき、宮崎県の日向市から夜の国道10号を宮崎市方面に南下していた。間に大きな街はない。けれども、国道沿いには飲み屋が点在し、そこから熱気が放たれているのである。率直に言って、もっと大きな街がシャッター商店街になっているのに、国道沿いの飲み屋が明るく営業しているとは意外だった。でも、地域の人たちの生活に密着した楽しみの空間を垣間見たようで、とても嬉しかった。

バイクやクルマを運転しながら出会う、お酒を楽しめる場所の雰囲気。お酒の好きな人だったら悔しくて「次は電車で来てやる……」と思うかもしれない。実際、「酒を飲みたいから、旅は電車がいい」と決めている人も少なくない。私は下戸だからそんな悩みはいっさいないままに、バイクやクルマを楽しめる。

今年もまた夏が来る。何度、夜を徹して走ることができるか。その都度、思うことにしよう。「酒が飲めないから、ぼくは夜を徹して走るスタイルが好きで、でも盛り場の雰囲気を通りすがりに享受することができるのだ」と。

磯部祥行　いそべやすゆき

1972年、新潟生まれ。編集者（実業之日本社）。カシミール3D、鉄の橋梁、道路・廃道、地図、鉄道、オフロードバイク、街角のいろいろなどで本作り。

降って湧いた夜

新井久幸

この夏で、お酒を飲まなくなって丸六年になる。きっかけは、「なんかダルいなあ」だった。

飲んだ翌日に何となく体調が悪くなる、という日が増え、気付けば、酒量にかかわらず、翌朝物凄い倦怠感に襲われるようになった。もともと沢山飲む方ではないし、家で飲んだり一人で酒場に行ったりする習慣もない。まさかとは思ったが、肝臓がやられるとダルくなるとも聞いていたから、念のため医者に行ってみたところ、肝臓周りの数値が壊滅的に悪かった。

どの程度かというと、ある人に「それ、俺が肝炎で入院したときの数値だよ」と言われたくらいには酷かったのである。ちなみに、「たまに沢山飲む」というのが、肝臓に一番負担がかかるらしく、まさにそういう酒との付き合いだった。

もちろん、肝臓のダメージ源となるのはアルコールだけではない。医者には、「寝不足と不規則な生活とストレス」がいけないと言われたが、当時雑誌の編集部にいた自分にとっては、それは仕事をやめろと言われているようなもので、とりあえずやめられるお酒を断つことにした。

「よくスパッとやめられたね」と褒められたけれど、「もうあの体調の悪さはごめんだ」というトラウマの方が強かったから、あまり辛くはなかった。それに、「飲むと体調悪くなるんだよなあ」と思いながら飲むのはかなりのストレスだったようで、きっぱり飲まなくなってからは、そうしたストレスとも無縁になり、倦怠感もなくなっていった。

初めは、会食などの度に「実はいまお酒やめてるんです」と説明するのが気詰まりだったが、数値を言うと、大抵の人は「それはやめた方がいいね」と、必要以上に心配してくれて、かえって申し訳ない気持ちになったりもした。

体調不良がなくなった以外に、お酒をやめて明らかに良かったことがもう一つある。「夜の時間」が格段に増えたと、いうことだ。

それまでは、夜の会食では当然のように多少なりとも飲酒して、多少なりとも酔っていた。余程お酒に強い人でなければ、酔った状態で何かをがっつりやることは無理だし、そもそもそんな気も起きない。それに、歳をとればとるほど、眠くなるようにもなる。

けれど、素面であれば、帰宅してから、やろうと思えば「一仕事」できるのである。職業的な仕事のことばかりではない。というか、むしろそういうことではなく。好きな本を読むとか、ゲームするとか、録画しておいたテレビ番組を見るとか、勉強するとか、とにかく、寝る前にちょっとした何かをやる精神的、時間的な余裕が発生したのである。

これは、大いなる発見だった。体感で、夜の時間が倍になったくらいのカルチャーショックがあった。

数値は大分回復してきたものの、「綺麗な体」には遠いので、まだしばらく禁酒は続くと思われる。

数値が戻ったらまた飲むの？　とよく聞かれる。最初はそのつもりだったけれど、この降って湧いた夜の時間とは別れがたく、このまま飲まない人生もいいかな、と最近は思っている。

新井久幸　あらいひさゆき
1969年、東京生まれの千葉県育ち。編集者。93年に新潮社に入社。

夜の友は本屋で探せ！
棚&フェア台攻略

特に買う本は決まってないけれど、何か読みたい夜――。「欲しい本」の探し方を街の本屋に教えてもらいました。

棚

夕刻には勤め帰りの近所のお客様でにぎわう千駄木・往来堂書店。笈入建志店長、欲しい本に出合う秘訣を教えてください！

「本屋での最初の一歩。棚を眺めて気になったものを手にしてみてください。各種売り上げベストから選ぶのは無難だけど、せっかく

本屋に来たなら棚を満喫してもらいたい。時間があるなら、棚の背表紙を眺めて1時間は過ごせます。惹きつける自信はあります」。書店員が手間暇かけて作り上げてるだけあって、背表紙を眺めていると棚の一枠一枠に収められた世界が浮かんでくる。

「スーパーの店内を歩きながら、お肉を見たり魚をみたりして今晩のおかずを決めるように、本屋でもあちこち歩き見てください。気を惹かれたら手に取って開いてみる。面白さの提案を棚のあちこちでしていますよ」。

フェア台

ここにも未知の宝物がぎっしり。京王線浜田山駅・サンブックス浜田山の絶好調なフェア台をチェック。入り口すぐの右手に広がるフェアは独自企画で、6月はコンパクトなガイドブックがひしめいている。「文一総合出版のハンドブックシリーズ。前から気になっていたんだよね。ここで広げたら好評、よく売れています」と、木村晃店長。かなり専門性

が漂う内容なのに、子どもから大人まで、思い思いのタイトルを選んで買っていくそう。フェア企画はほぼ毎月変わり、次々と新しい客を獲得している。「なんだ、なんだ、と立ち止まって虜になるお客さんが多いですね。棚も平積みもしょっちゅうラインアップを取り替えています。うちみたいな狭いお店でも、動きがあればお客さんは飽きずに通ってくれるんです」。

未知の本と出会う秘訣は棚とフェア台にあり。今夜の一冊を求め本屋を彷徨うのは、晩酌のアテを探すのと似ているのかもしれない。お財布のひもが緩くなっているほろ酔いの人も大歓迎（と、本屋さんが言ってました）。欲しい本が見つからないわけがない。今夜も本屋に出かけよう。

往来堂書店

東京メトロ千駄木・根津両駅から徒歩5分
113-0022東京都文京区千駄木2-47-11
10時〜22時（日祝11時〜21時）

サンブックス浜田山

京王井の頭線浜田山駅前
168-0065東京都杉並区浜田山3-30-5
10時〜22時（日祝11時〜21時）

下戸ブックガイド

孤独のグルメ

原作 **久住昌之** 作画 **谷口ジロー** 扶桑社

誰しも抱えるランチの悩み。今日は何を食べよう——。井之頭五郎は日中にご飯処を探す男。原作・久住昌之と作画・谷口ジローの組み合わせが生み出した、ハードボイルド感漂うグルメ漫画だ。自営業のおじさんが、何食べるかな、と町を歩き、店を探し、食べるだけの話なのにクセになる。連載ページの制約から、酒飲みだとエピソードが増えると下戸の設定にしたそうだけど、それが功を奏した。躊躇なき炭水化物のオーダー連発に惚れ惚れしてしまう。ときには居酒屋に足を踏み入れるのもたのしい。たった2冊しか出ていないのが不思議なくらい、長い間愛され続けている作品。松重豊主演のテレビシリーズでさらなる人気を得た。

下戸ブックガイド

かわいい自分には旅をさせよ

浅田次郎

文春文庫

著者の浅田次郎はお酒を「飲んだことがない」タイプの下戸とのこと。これをつぶやいた名エッセイ「下戸の福音」が本書に収録されている。「酒を飲んでしまったら最後、読み書きができなくなる」と考えた浅田は、無類の読み書き好きゆえに「酒を生活に持ち込むことができなかった」。そのことで福音が訪れる。「酒を飲まぬ夜々を知る人は少ないであろう。長い。ものすごく長い」。ヒマすぎて筆が進むという、謙遜を含んだ告白だ。そのほか、学生時代から惹かれる書物と書店への思いを記した「トレジャー・アイランド」、18歳のときに1度だけ会った三島由紀夫への思い出「複雑な父」も味わい深い。浅田は三島自決の4か月後に自衛隊に入隊する。

3

下戸と主張

酒でも飲まなきゃ言えない話、なんて言い方があるけれど、じゃあ、言わなきゃいいのに、と思う

武田砂鉄

お酒を飲む人は、「お酒を飲んでいる時の自分」と「お酒を飲んでいない時の自分」を用意しており、「飲んでもそんなに変わらないんだよね」という答えも含め、いずれにせよ、人に見せるための自分が二つあると思っている。自分が二つあると、その自分は、他人に自分をプレゼンしやすくなる。こっちの自分とあっちの自分、どっちがいいかな、と匂わせたり、こっちの自分のほうがお気に入りなんだよね、と自己PRに励んだりする。そんな様子を見ながら、お酒をほとんど飲まない自分は「ああ、危ない危ない、こうならないように気をつけよう」と思う。

そもそも自分のことなんて他人にプレゼンする必要などないのに、お酒を飲む場では、「自分はこういう人間です！」「お酒を飲むとこうなります！」という光景があちこちに広がる。月日を重ねる中で、泥酔したエピソードなど鉄板の話がいくつも生まれる。ちっと

も面白くない話ばかりだが、それを大切に持ち運ぶ人たちが、こっちにも「before」「after」を求めてくる。放っておいてくれよと思う。変わんねぇよ。

飲む場所の何がイヤかと言えば、声の大きさである。隣り合っている人とようやく話が盛り上がってきたのに、声の大きい人が「え？　何話してるの？」と前のめりでくれば、今まで慎重に築き上げてきたものが一気に壊れる。大声野郎は一気に壊せることを知っている。ファミレスや喫茶店ではこうはならない。そこに大声野郎がいれば、ただただ迷惑な客として把握されるだろうし、その大声野郎が仲間内にいれば、「おい、大声野郎、もうちょっとボリュームを下げなさい」と伝え、自分は大声野郎と一緒ではないのです、との意向を周囲の客に伝達する。

ファミレスや喫茶店では、その場で広がる話の内容がどういうものであるか、どう転がっていくかを、そこにいる面々で見定めている。査定、とまではいかないけれど、その場にいる人間の中で、これならもっと膨らませることができそうかな、との判断が繰り返される。そういった場で、どこに転がっていくかわからない会話を繰り返しているのが大好きなのだが、あの手の雑談って、冷静に振り返ってみれば、極めて重層的なコミュニケーションである。助け合いながら、高め合いながら、その結果として、くだらない雑談が続いている。

一方、飲み会はどうだ。たとえば、「近所で見かけた、徐々にズボンが下がってくるオジサンを追いかけていたら、家の近くに、知らない公園があったことに気づいた」というような話をしていたとする。もうすぐで公園につく、くらいの段階で、「ねぇ！」と大きな声で切り込まれると、その「ねぇ！」が優先されてしまう。「ねぇ！　じゃねぇだろ」と言える環境というのが、最低限、話者を尊重する場所の条件である。「ねぇ！」と遮断してくる場よりも、「近所で見かけた、徐々にズボンが下がってくるオジサンを追いかけていたら、家の近くに、知らない公園があったことに気づいた」話が繰り広げられる場のほうが面白いに決まっている。そういう面白い話の芽が、日々あちこちで潰されているのである。

嫌いな行為は、と問われれば、ハイタッチや人と肩を組むことです、と答える。大勢でお酒を飲むと、そこには必ず、「オレたち、心を開いたよね！」と近づいてくる人がいて、いや、少なくともまず「心を開いたかな？」という疑問系で来やがれと思うのだが、そういう確認をせずに「開いたよね！」と近づいてくる。役所に「ハイタッチ申請書」「肩組みのお願い」という書類を出し、週明けめどに結果が出るのを待ちなさい、というレベルの不法な近づき方なのだが、とにかく一瞬で距離をつめてくる。そういう時に便利に連呼されているのが、ご存知、「酒の力」なる言葉である。「コーヒーの力」「パンケーキの力」

とは言わない。そんなに簡単に、何かの力を借りない私でありたいと思う。

「本当の私」みたいな言い方がいつから頻繁に聞かれるようになったのか定かではないのだが、お酒の場で必ず求められる「お酒を飲むとこうなります！」という要請と無関係ではない。「私」なんてものは、本来プレゼンしなくてもいいものなのに、プレゼンしなければならない場。その上手い・下手くそによって人としての面白さが決められる。そんな場でプレゼンが上手い程度の人が「面白い」という評価をごっそり持っていくと、本当に面白い話をする人が放って置かれる。酒場でたくさん面白い話をしていると自覚している人にお伝えしたいが、酒場以外にはもっと面白い話がたくさん転がっている。「ねぇ！」やハイタッチが勝利する空間で機能している面白さなんて、たかが知れている。「お酒を飲んだ時の私」を問うから、「本当の私」「普段の私」がぐらつく。そんなもの、別に問う必要のないものではないか。

「お酒を飲まない人」のことを、世の中は「お酒が飲めない人」と規定する。「コーラを飲まない人」のことを「コーラが飲めない人」とは言わない。この一点だけでも、お酒って、だいぶ偉そうである。酒でも飲まなきゃ言えない話、なんて言い方があるけれど、じゃあ、言わなきゃいいのに、と思う。こっちは、日々、コーラやジンジャーエールやコーヒーやピルクルをテーブルに置きながら、言いたいことを言っているのだ。

酒を飲んでもいい。同時に、酒を飲まなくてもいい。それだけならば平和なのに、「え、飲まないの？」とか「ちょっとくらい飲みなよ！」とか言うから平和が崩れる。平和を壊すのはそっちだ。攻撃されたからには応戦するしかなくなる。お酒って、そんなに偉いものなのだろうか。個々人にとって大切なものは違う。自分は盆栽に興味がない。でも、盆栽が好きな人に「なんで盆栽なんかやってんの？」とは聞かない。あっちも「え？　なんで盆栽好きじゃないの？」なんて返してこない。お酒はどうだ。聞いてくる。返してくる。揉める。そんなに偉くないんだぞ、お酒、とお伝えしたい。冷静に考えて、ジンジャーエールのほうが美味しいと思う。

武田砂鉄　たけださてつ

1982年生まれ、東京都出身。出版社勤務を経て2014年からフリー。『紋切型社会』（新潮文庫）で第25回Bunkamuraドゥマゴ文学賞受賞。独自の下戸論は『コンプレックス文化論』（文藝春秋）に詳しい。近著に又吉直樹との共著『往復書簡　無目的な思索の応答』（朝日出版社）など。

下戸ブックガイド

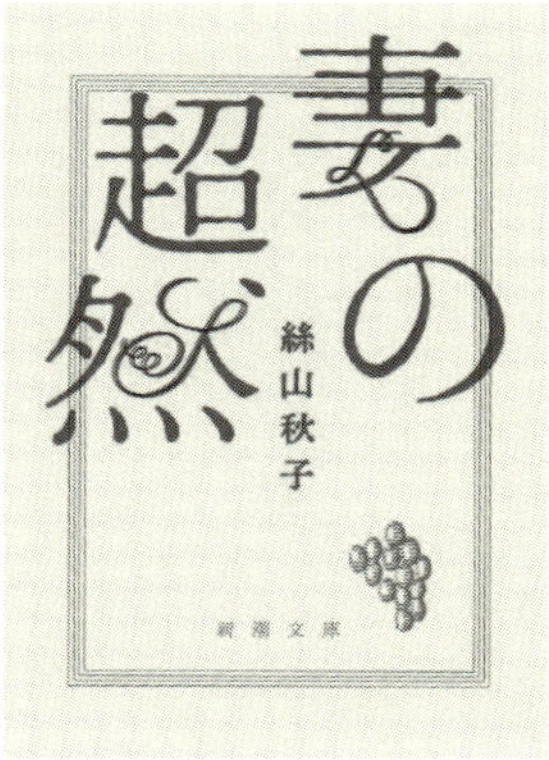

下戸の超然

絲山秋子

『妻の超然』所収　新潮文庫

　主人公の広生は下戸で、酒を醒めた目線で批判する一方、コンプレックスも感じていた。広生の日々は、同僚の美咲と交際することで明るく変化する。しかし美咲は酒好きだった。酔った彼女と過ごす時間はどこかぎこちなく、同じ空間にいても分かり合うことができない。

　私も広生同様下戸なので、酒に対し冷ややかだ。そんな斜に構えたものの見方は、下戸に共通したものではないかと思う。だから、美咲とのすれ違いは身につまされる。「超然」とした態度をとる広生への非難は、自分に向けられているようだ。読後の印象は、どれくらい酒を飲むかによって異なるだろう。下戸の本音に戸惑うこともあるかも。下戸が送るひねくれた暮らしを、この作品でぜひ捉え直して欲しい。

ハードに飲みたい夜もある

塚本直毅〈ラブレターズ〉

初めて知り合った方から、意気投合した後に放たれる「今度飲みに行こうよ！」に、すごく怯えている。この時の正解を、ボクは未だに見つけられていない。「あ、ボク飲めないんですよぉ」と言えば、せっかく距離を詰めようとしてくれている相手のテンションは瞬く間に下がり、変な溝を生むことになる。かと言って、勇気を出して「でも全然、行きましょう！」と言えば、「あぁ、無理しないで」と苦笑いされるし、「じゃあ飯行きましょう！」と言えば、わんぱくな少年扱いをされる。相手だって飯食って生きているはずなのに、だ。おかしい。異文化過ぎる。

なので極力、「あぁ是非是非」と言うと、誘われてからめちゃくちゃ焦ることになる。お店に入り、ウーロン茶を頼むと、「あ、今日車ですか？」との声。ボクは免許すら持っていない。ここで正直に白状すると、「あ、そうなんですか……あ、いや全然！　うん、全然……」と、バッドエンド確定みたいな表情を覗かせながら気を使われる。なんでこんな事になってしまうんだと、飲めない自分を責めながら、居酒屋に並んだ料理を眺めてつい思う。あぁ、白ご飯を頼みたい……。唐揚げ、刺身、焼き鳥、ほっけの開き……全部、定食として、白ご飯と味噌汁をつけて食したい……でも、飲み会の序盤から白ご飯と味噌汁を頼むことは禁止されている。禁止、というか、なぜだか分からないけど、手づかみくらいダメっぽい空気がそこにはある。酒好きの人達だって、昼間は定食とか食べているはずなのに……。友人同士で組んだラインのグループ内で「今度飲みに行こう！」と盛り上がっている時に、「行こう行こう！」と打ち込めば、「え……（笑）」と返される。「お茶、ですか？（笑）」と。おいおい、ちょっと待ってくれ。そろそろ我慢ならないって。今回、本誌を手に取り、ここまでページを進めて下さった下戸の皆様なら分かっていただけるはず。そう信じて、さらにぶちまけたいと思う。

その昔、「とりあえずビールで」に含まれた強引な物言いに待ったをかけるような風潮があった。（この言葉が死語なのか、未だに生きているのかは下戸なのでいまいち分かりませんが……）それは、「好きなモノを飲ませろよ」という主張なわけで、下戸にも嬉しい、的な、そんな、風な、論調で話されていた。……なぜ、ここで引っかかってしまったのか。それは、この時に引き合いに出されていた下戸のポジションが、どことなく「子供」くらいの扱いだったように感じられたからだ。本筋は「好きなお酒を頼みたい」なわけで、この時に引用される「下戸」は、相手を黙らすためのウエポンであり、「こっちには下戸だっているんだぞ！」「大丈夫です、我々が救いますからね」といったその表情からは、うっすらとした欺瞞を感じてしまったのである。「とりあえずビールで」の撤廃が成功した打ち上げで、非ビール党の皆様がハイボールやカクテルを頼む中、ボクがウーロン茶と共に白ご飯を頼めばきっと、「えっ……」と声を漏らすだろう。まだまだ寛容ではないのだ。

さらに、欺瞞ついでにもう少し聞いてほしい。そもそも、「ソフトドリンク」の「ソフト」って、なんなんでしょうか？　なんか、アルコールなしはざっくりと「ソフトドリンク」って言ってますけど、ソフトってそもそも、なんなわけ？　この、お酒以外は「ソフト呼び」している件について、自然と屈していたけれど、疑問を感じ始めたら止まらなくなっていた。その状態で居酒屋のメニューに目をやる。お店によって趣向は様々だが、たまに、個人経営的なお店に書かれているメニューの「ソフトドリンク」の文字を見ると、これが大変なことになっている。その文字は、タルンタルンの、プリンみたいな丸みを帯びたフォントでもって、パステルカラー的な淡い色彩まで添えられたりしているのだ。それは、日本酒の紹介欄に載っている荘厳さとはワケが違う。計らずとも、お店側の「ソフト」に寄せた演出部分に、つい欺瞞を感じてしまうのだ。これに関しては、もう自分のフィルターがバカになっているせいかもしれない。でも気にしてしまったが最後。字面から漂う「お子様メニュー」感は、注文するたびに加速度を増し、やがて帰る頃には「おこさまめにゅ〜」くらいのテンションに見えてきてしまう。これを感じて帰宅するのはとても恥ずかしい。初めてのお店に入り、メニューの裏表紙や片隅に追いやられたソフトドリンク欄を探し出した結果、見つかった文字の具合が「おこさまめにゅ〜」的テンションをはらんでいると、もう無性に情けなくなる。待ってくれ。ソフトソフトと言うけれど、こっちにだって、ハードに決めたい夜もあるんです。そんなに溝を作られては、我々はいつまで経ってもハードに辿り着けないではないか。隔たりを作らないでくれ。別にスウェットばっかり着ているつもりはないんです。革ジャンのライダースを羽織りたい日だってあるんです。

そんなことを書きながら、一度腕を組んで考えてみる。下戸のボクが今まで飲んできたものは、果たして、本当に全てがソフトドリンクだったのだろうか？　真夏の炎天下の中、高校時代に飲んでいたあの粉ポカリは、体力回復の意味を込めて濃いめに作られていた。あれはもしかしたら、自分にとって「ハードドリンク」だったのではないか。小学生の頃、「かき氷のシロップを薄めればジュースになる」と閃いたあの日、原液の半分くらいを投入して作ったあの激甘なジュースは、十分「ハードドリンク」だったのではないだろうか。もう語源とかの話じゃない。気持ちだ。気持ちの問題だ。ソフトの枠を飛び出して、下戸だってハードに生きたいんだ。「お酒が飲めない＝マジメで夜遊びをしない」、バカ言っちゃ困る。豪遊ですよ。サウナに入って、カラカラになった体へ流し込むスポドリはゴリゴリハードドリンクだし、その後深夜のファミレスでネタを考えながら飲むドリンクバーだって気持ちはハードドリンクバーだし、はしゃいでついつい頼んじゃうパフェだって全然ハードパフェである。ソフトの枠に収まるつもりなんて毛頭ない。気持ち一つで、へべれけへべれけの毎日なのだ。「今度飲みに行こうよ！」、あぁもちろん行こう行こう。酔ってやりますよ。驚くんじゃないか？　だってこっちは、ソフトドリンクなのにへべれけに仕上がっていくわけだから。酒飲みの皆さんには到底分からないだろう。我々ソフトドリンカーが酔うのに、アルコール成分なんて必要ないということを。気の持ちようで、いつだってハードドリンクを飲むことができるのだから。まさか、自分の中に答えがあるとは思わなかった。臆することなんて何もない。飲みの誘いもガンガン行くし、その席で眺めるメニューがたとえ、「おこさまめにゅ〜」的なソフトドリンク欄だったとしても、もう構わない。興が乗ったらハード白ご飯だって食べて酔ってやるよ。二軒目？　行こうではないか。朝まで？　別にいいけど、記憶をなくしたらよろしく頼むよ。ん？　なんでこんなにも、勢い任せな論法で自己肯定をしているのかって？　理由はただ一つだよ。……「お酒が飲めないから」ですよ。だって、飲めたらこんなことを考えずに、スルッと酔っぱらえるんですよね？　そんな羨ましいことは、ないんですよ……。一度でいいから、記憶をなくすほど酩酊してみたい。果たしてそんな日は来るのだろうか。

塚本直毅　つかもとなおき

１９８４年静岡県生まれ。日大藝術学部卒。２００９年、溜口佑太朗とのお笑いコンビ、ラブレターズを結成。

ベテラン営業下戸対談

ゲッコーレンジャー×月光仮面営業飲み会の20年を振り返る

酒を飲まずとも
生き残ってきた
百戦錬磨の
営業職二人が語る

ゲ 僕は全く飲めません。アルコールを分解する能力がないみたい。二十歳の頃はジョッキ一杯ぐらいのビールは飲めたけど、飲んだ瞬間に頭ががんがん痛くなって、死ぬんじゃないかってくらい心臓の鼓動が聞こえて。そんなのが朝まで続いて苦しくて眠れない。おいしくもないから飲むのをやめたら、全然飲めなくなった。

月 僕は飲めないわけじゃないけど、5年ぐらい前に自分にはお酒が必要ないってことに気がついた。飲まなくても飲み会は行きますよ。営業飲み会。

ゲ あるからね。

月 昔は今よりも飲み会が多かったよね。

ゲ 人が集まる場自体は嫌いじゃないし楽しいから、誘われたら断らない。ただ、こっちからは誘えない。

月　「飲みに行こう」って飲めない人が言うのもねえ。

ゲ　「今度、一杯飲みに行きましょう」から、お店で「僕、実は飲めないんです。てへっ」なんて、若い頃はできない。相手は上司とか気を使わなきゃいけない人ばかりだし。

月　入社した時に「お酒は飲めません」と告白したの？

ゲ　言いました。新卒で入った時は生意気だったから。

月　「オレが鍛えてやる」みたいな人いたんじゃない。

ゲ　大学の時にはウィスキーを原酒で飲ませようとする困った人がいたけど、社会人になってからは、飲めと言ってくるけど無理矢理はないかな。すこし飲んだだけで紫色になるから、飲ませちゃいけないと気づくみたい。それが免罪符になっている。

月　じゃあ会社の飲み会はけっこう付き合ってたんだね。

ゲ　新卒の時は特に。一緒に愚痴も言いたいし。

月　僕は愚痴を言うのも好きじゃない。だから酒がいらなくなった。場は好きなんだけど。

無礼講ってごうよ

――酒の席での無礼講は許せますか。

ゲ　若いころは全然気にならなかったけど、最近はうざいですね。

月　僕は無礼講嫌いです。だったらいつも無礼講でいてほしい。お酒飲んで変わるのをやめてほしいんですよ。

ゲ　ときどきいますよね。うん。

月　すごくいい人だったのに、飲みに行ったら文句ばっかり言う人、苦手。

ゲ　トラみたいになっちゃうと、どう扱えばいいのかわからない。

月　飲めなかった人が、先輩に連れられているうちに「飲める」人になっちゃう。あれもタチが悪い。飲めるようになったのがうれしいのか、際限なく飲んじゃうから。

ゲ　若い時の自主トレが足りないから、全力出しちゃうんだね。

月　鍛えない方がいいと思うんだよな。たいてい崩壊していく。

ゲ　無理しちゃいけないね。酒飲みの人に聞きたい。お酒を飲んでいる時の楽しさってどういう楽しさなのか、まったくわからない。酒飲む＝しんどい・気分悪いだから。

月　あんまり楽しそうな感じしないんだよね。たいてい大きい声出して文句言ってて。

ゲ　飲んでいた頃は楽しかったとか。

月　付き合いで飲んでただけだからなあ。話して盛り上がって楽しくなるのは、素面《シラフ》の日常でもあることだから酒は必要ないよね。

ゲ　シラフで盛り上がってる方が楽しいんじゃないかな。

飲み会改革のお願い

月　食べ物をもう少し何とかしてほしい。僕たちはご飯が食べたいの。
ゲ　最初から炭水化物を頼むと、「何でそんなの頼んでるんだ」って雰囲気になる。
月　飲み屋の料理っておいしくてご飯（お米）にあうものばっかりじゃん。あれにご飯とみそ汁があれば最高でしょ。
ゲ　それができれば、割り勘負けしないいんじゃないかな。
月　焼肉屋の飲み会が一番もったいないんだよなあ。
ゲ　焼肉とご飯食べたいのに。
月　そのご飯を頼めないんだよ。だったら1軒目に焼肉屋でご飯食べて、2軒目に飲めばいい。
――飲む人は炭水化物を避けてお酒が入るスペースを空けているらしいです。
ゲ　僕たちはご飯とおかずがセットなんだけど、お酒飲む人は、お酒が主食なのかな。
月　どういう感覚なんだろうね。お酒飲んで、ちょこちょことおつまみ食べて。焼鳥屋だ

ゲ　ってよく考えたら肉食べすぎでしょう。ご飯があったら焼き鳥数本で十分なのに。でも飲み終わってからも食べるんだよね。小食な人でも〆にラーメン食べに行ったり。

月　こっちは既にたらふく食べてるから困る。2軒目に炭水化物に行くのはやだよね。

ゲ　〆にラーメン屋行くって最初に言っておいてほしい。

月　でもだったらはじめにラーメン屋行ってほしいな。

ゲ　下戸が居酒屋で飲む新種のドリンクを開発してくれないかな。僕、ウーロン茶を普通の人が人生で飲む量のたぶん三倍は飲んでるよ。

月　ウーロン茶はもうちょっとこだわってほしいよね。茶葉から淹れるとか。

ゲ　ウーロン茶、コーラ、ジンジャーエール。この三択になるのがつらい。

月　あとさ、お店の人も、ウーロン茶頼んだ時に嫌な顔しないでほしい。

ゲ　こっちも悪いと思っているのに。聞き違えでウーロンハイが出てくるときも結構ある。

月　バラエティが欲しいね。あとアイスとかプリン、甘いものも。

ゲ　炭水化物と一緒で、デザートを先に頼んでも許してください！

月　コースの飲み会だと、最後に出てくるアイスシャーベットが僕たちのところに集まってくるんだよね。酔っぱらいはもう食べられないからって。こっちだって、ウーロン茶5杯も6杯も飲んでちゃぷちゃぷなのよ。自分のものは自分で消化してほしい。

ゲ 僕は食べちゃうんだけど。

月 楽しい会ならまだいいけど、往々にしてネガティブな話題になることが多いのが仕事の飲み会だよね。

ゲ 声が大きい人が勝ちみたいのなるの、面倒くさい。

月 この前の飲み会はみんなが大声すぎて全然聞こえなくて。ずっと適当に相槌打ってた。

90分で豹変

月 これまで観察してきてわかったの。飲み始めて90分経った瞬間にみんなおかしくなる。声が大きくなって。アルコールが回るのか、こぼしたりグラス割ったり。

ゲ 90分の法則だ。抑制が効かなくなる。そうなると僕らがケアをするしかないんだよね。清算も忘れ物チェックも。

月 帰りは必ず、座布団も全部ひっくり返して確認して。でもさ、あれだけやっても誰も「お疲れさまでした」とか言ってくれないよね。みんな酔ってるから。

ゲ どれだけ、みんなの世話を焼いているか。

月 翌朝でもいいから思い起してもらいたい。誰が幹事してお金払ってくれたんだろう。領収書を全員分もらってくれたのは誰なのか。あのスーパーボランチがいたから成り立ったんだって。

ゲ それが覚えてないんだよ、酔っぱらいは。なんにも覚えてないの。

月 お金払わないで出て行っちゃったりするし。

ゲ こっちは会計で足りない分を出さなきゃいけないこともあるのにさ。

月 割り勘負けに加えて損失補てんもしているから。10％ぐらい手数料取りたい。

ゲ 酔っぱらってるから引いても気づかないかも。

月 いや、そういうときだけ目が覚めるやつがいるんだよ、酔っぱらいには。

飲み会は仕事なのか

月 酒飲みは二日酔いで翌朝休むことがあるじゃん。僕たちは通常通りに出社しているのに。この差は何？　二日酔いって何で半笑いで許されるんだろう。

ゲ みんなで共有できるからかな。自分も経験しているから後ろめたさがあるとか。

月 僕たちにも二日酔いが欲しいね。

ゲ　会計疲れ。

月　甘いもの疲れ。3回に1回ぐらいはケーキ屋とかで飲み会やってほしい。

ゲ　ケーキバイキング。誰も来ないんじゃないかな。

――飲む人はお酒がない席には来ないでしょうか。

月　絶対来ないよね。

ゲ　確実にお酒を飲みたいだけの人もいる。相手とか取引先とか関係なく、とにかくお酒が飲みたくて飲む相手を探しているだけの人。

月　飲み会の予定で手帳を埋めちゃうんだよね。それで「これも仕事だよ」って言うんだけど。仕事じゃないよ。

ゲ　お酒を飲んだら仕事にならないでしょう。

月　生まれるものなんて何もない。

ゲ　飲み会で、手厳しい取引先の人と話して打ち解けることができた。これは掴んだなと思ったけど、次に仕事で会ったら元通りの鉄仮面だもんね。そういうのを何回か経験して、関係ないんだなあとわかった。

――仕事につながるという一般論がありますが。

月　あれは酒飲んでいる人たちが言ってるだけですね。

ゲ　たまーにラッキーパンチはあるかもしれないけど。

月　結局は昼間の仕事をきちんとしないとうまくいかない。

ゲ　飲みニケーションなんて過去の遺物です。

月　「仕事」とか言い訳しないで、素直に飲みたいんだって言えばいいのに。

ゲ　お酒が毎日飲みたいから付き合ってくれない？って。

ビッグ・ブラザー降臨

月　我々はじっと見てますからね。観察していますよ。

ゲ　全部覚えてますよ。手癖悪い人、暴言暴挙。

月　それを下戸同士でお茶のみに行って話すのどう？「言ってたよねー」って感想戦。

ゲ　3時間ぐらいお茶飲んでられるね。

月　じゃあドトールも飲み放題始めてほしいなあ。

――「お酒、おいしいのに飲めなくてかわいそう」とよく言われます。

月　だいたいおいしいのかな。コーラの方がおいしいでしょう。

ゲ　お酒を飲めないと人生で損をしているって、20代の頃は思わされてましたね。

月 飲まない方が、時間を得してると思うけど。それに飲むとお金も使うし。

ゲ 2時間ぐらいで5千円とかね。

月 居酒屋の2時間半コースで、ひからびたサラダとから揚げとポテトをつつきながら、なんだかなあと思うんだよ。酒飲みの人は飲み放題があれば、あとはどうでもいいのかね。もう少し美味しいものを探せばいいのに。

ゲ アルコールがあればいい。主食がアルコールなんだ。

月 飲んで愚痴るなら、散歩かランニングしたほうがよっぽどストレス解消になるのになあ。

ご注意あそばせ

月 お酒を飲んだらみんな少なからずおかしくなっている。気を付けた方がいいですよ。帰りの電車なんかひどい。この前なんてサラリーマンのおじさんが隣の女性のカバンを急にべたべた触り出してた。普通の人なんだけど、飲みすぎて理性を失っちゃうの。あれは危険です。自分が酔っているということを自覚したほうがいい。気が大きくなって喧嘩吹っかけてくる人もいるし。

ゲ　僕たちは別に酔っぱらいに寛容なわけじゃないですからね。痛い目に遭ったことないのかな。

月　安全なところで飲む気はないのかね。家で、スマホのアプリでつながりながら飲むのはどうなんだろう。

ゲ　居酒屋アプリだ。外で飲まないように。

月　クダまきだしたらブロックしちゃえばいい。昔ながらの酔っぱらいは「若い人とのコミュニケーションの取り方が分からない」って言いだしてるけど、違う方法を考えた方がいい。ユーチューバーになるとか。

――付き合いで飲みに行くのが嫌な人は、ケーキでも嫌かな？

月　日中に一緒にケーキを食べに行くくらいならいいんじゃない？　あと僕たちはお酒がなくても会話ができるから。

ゲ　お酒がなくても友達を作れるね。

――飲み会でお酒が入ると、みんなどんどん仲良くなるんでしょうか。

月　仲良くなったように一瞬見えてるだけ。

ゲ　隣りに誰がいたかも翌日、覚えてないんだから、あの人たち。名刺見て「誰？」って。

月　それを仕事だって言ってほしくないよね。下手したら僕たちが仕事してないみたいに映るから。

ゲ　飲めないと時間外の接待が少ないから、仕事しない人みたいになる。

月　出張旅費の精算もキレイ。そうすると働いてない人みたいに見えるという。日中に汗水流して働いているのに！

ゲ　出張で夜の飲み会だけ頑張る人もいるというのに。

月　「出張を楽しめてないですね」っていうのも間違いです。僕たちには夜早めにホテルに戻って、誰にも気にされずにゆっくりお弁当食べたりする幸せがある。

ゲ　余裕で日報ぐらい書いちゃうし。生産性高いんですよ。

下戸で営業は強いぞ

月　下戸で営業に配属された人に言っておきたい。飲まなくても仕事はできるから自信を持ってください。

ゲ　飲みニケーションなんてインチキだから。お酒を飲めないからアドバンテージがないなんて思わないでいい。

月　取引先との評価は酒の場ではまったく決まりません。

——某商社の会長が「お酒を飲めたほうが（仕事に）よい」って言ってました。

月　昭和の人だからしょうがないね。もう令和だから、お酒を飲まない人は家に帰るよ。

ゲ　お酒は迷惑モノになっていくんじゃないかな。

月　セクハラ、パワハラの次はアルハラね。

ゲ　そういう文化に浸かっている人は気づけないんだよね。

月　アルコールなくても楽しめる方法、教えてあげますよね。

＊＊＊

月　気を付けた方がいいのは、取引先に下戸の人がいた場合、相手も観察してるからね。接待で相手が下戸だったら90分で辞めた方がいい。それを過ぎると余計なこと言い出したり、どうみたってちょっとはおかしくなっているんだから。

ゲ　下手すると人格評価につながる可能性もある。

月　営業マンは会社の顔！　ＳＮＳで深夜に変なツイートしてるの酔っぱらいばっかり。時代とともに飲酒の危険度上がってますよ。

ゲ　朝になって消してる人、よくいる。

月　年とるとさらにひどくなるからね。

ゲ　年と共に。家でもぐでんぐでんになってるんじゃないかな。

月 それを僕らは介抱してるんですよ。肩貸してるのに絡まれて。こっちは早く帰りたいのに、全然ちがうホームまで送ってあげてる。

――お酒に強い人は理性を保って飲み続けられるんでしょうか?

ゲ 酔っぱらう深さが浅いかな。酔ってるけども受け答えはできるとか。でも強い人でもある程度は崩れてる。

月 他人の靴を間違えて履いて帰るのもすごいよね。ふつう他人の靴、履かないでしょう。

ゲ コートと靴はよくあるね。

月 全く違うのと間違える。あれに気が付かないんだから酔っぱらいはやばいわ。可愛い酔っぱらいっていないんだよね。

ゲ だいたい迷惑。しょうがないなあと許されていると思ってるかもしれないけど、明らかに迷惑かけてますよ。男性陣は特に気を付けた方がいい。二十歳の自分と違うことに気づいて飲んでください。

月 もう剛速球は投げられないからね。フォームも崩れてます。

ゲ なんで打たれているのか、早く気づきましょう。

今の学生も大概な飲みっぷりです

鼠田音澄

「普段どれくらい飲むの？」とよく尋ねられる。飲みませんと答えると、つまらない奴だという顔をされる。その度に理不尽だと感じる。真面目なテニスサークルでもチャラいと思い込まれるのと似ている。

たかだか大学に入学したくらいで、それまで法律を守ってきた人間がお酒を飲めるようになるはずがないのだ。私はサワーを一杯飲むだけで真っ赤になって倒れこんでしまう。ハタチになり、下戸を克服して大人の女性になろうと考えた私は、ビールを1日1缶開けるという試練を自身に課した。だが3分の1飲んだあたりで脳の感覚がなくなり、楽器も読書も手につかないひどい状態になってしまう。無駄な時間の使い方だと考えなおし、2日でやめた。

お酒を飲むとこんな風に思考不能状態になるから、騒ぐ叫ぶしかすることがなくなるのだろうか。飲み会を終えた大学生が集まると、秩序が崩壊する。23時過ぎの駅前広場は、大声で歌ったり奇声をあげる学生で溢れかえっている。死体のように転がっている者もあれば、鳩のエサを生産し続ける者もいる。

若者の飲酒事情が問われるときに期待されているのは、こういった「大学生」像だ。お願いだから一緒にしないでくれ、と思う。私はロータリーを横切るとき、生身の体でサファリパークを移動している気分になる。

大学1年生の時の新歓はつらかった。大学生活といえばサークル活動だ。勧誘を受けたなかでも無害そうなところを選び、飲み会に参加した。

新入生仲間とはウマが合い、先輩も話し上手だったので、なかなかいいところを選んだなと思いながらジンジャーエールを飲んでいた。強制的に飲み放題をつけられて、1000円ほど多く払ったことにやや不満はあったが、まぁ、こういうこともあるのだろう。

ところが1時間くらい経つと、様子がおかしくなってきた。とにかく暑いしうるさいし、先輩とは話が噛み合わない。突然、一人の男性が「学生注目！」と叫んだ。周囲は「なんだ！」と同調する。その男性は全員の前で出身高校と名前をさけび、一発芸まで披露し出した。いわゆる学注だ。店中に彼らの声が響く。

そしてなんと新入生にも順番が回ってきた。ドン引きである。持ちネタなどないし、あっても初対面で披露するものか？　そそくさとお手洗いに逃げたが、どの席も似たような惨状となっていた。結局ここには顔を出さず、健全な音楽サークルに入会した。

私はみんなが飲みに出る夜に、楽器を組み立てはじめる。しんとした部室で好きなだけ音を鳴らせるのは、最高に気分がいい。自分の世界に入り込んで、時間はあっという間にすぎてしまう。

お酒がなくても、私は幸福を味わうことができる。酒飲みには秘密の、自由な時間があるのだ。

鼠田音澄　ねずみたねずみ

１９９８年、福島県生まれ。早稲田大学文学部。

父と私

朝倉菜摘子

体質的にまったくお酒が飲めない母と、飲んだらすぐに眠くなる父の間に生まれた私は、如何せんアルコールに弱い。3杯も飲めば「背筋」という概念が失われ、重心を彷徨い続けて振り子のように体をぐらつかせている。アルコールの味が強いお酒が飲めないのは、匂いが父そのものだからだ。ビールとは「父から取られた出し汁」なのではないかと思うほど、いつも酒臭い人だった。いざ飲んでみようとすると、鍋の中で父がふやけている姿を想像してしまうのである。もしも今より少し前の時代に生まれて、どこかの企業に就職でもしていたら、「ビールを飲め」と執拗に催促されるたびに頭の中の父を何度も火にかけることになるため、私は飲み会を嫌いになっていただろう。しかし就職すらしたことがない私は、そんな経験をしたこともない。自分があまり飲めないからこそ、普段は見られない他人の浮かれた表情を冷静に眺めていられるのは面白いし、あの人があの人の悪口を言っていたという事実も忘れないでいられるため、そういった場に参加するのはけっこう楽しい。だけどそれは、好きな人たちと同じ時間を共有できるからこその醍醐味であり、そうでもない人たちと過ごす時間においては、お酒がより退屈さをもたらすこともある。

私は今、週に2日だけ六本木のバーでお酒を作るアルバイトをしている。こんなに地味な自分が「六本木のバー」たる場所で働く日が来るとは思わなかったが、そのフレーズを聞いて多くの人が想像するような洒落た場所ではない。人通りの少ない静かな通りに面した雑居ビルの5階にあるそのお店は、よく言えばアットホーム、悪く言えば胡散臭い雰囲気だ。最初は密かな警戒心を覚えるものの、開けっ放しの窓から聞こえてくる近所の豆腐屋の気の抜けたラッパ音が、なんとか怪しさを一蹴させている。

面接の時、マスターは「こんな場所で30年もやってるから長い付き合いの常連さんしか来ないんだよ」とうなだれていた。ここで働き始めて1年、見事に常連のお客さん以外に会ったことがない。彼らはみんな優しいものの、お酒が入るにつれて「過去の栄光」や「政治への文句」といった話題からなかなか抜け出せなくなる様は、見ていて少し物悲しい。まだそれらを愛おしいと思えるほど成熟していない私は毎回消耗してしまうのだが、彼らと大して世代の変わらない父も、今はこんな感じになっているのだろうかとふと思いを巡らせることがある。

父は3年前、単身で茨城から沖縄に移住した。長年の夢だったそうだ。24歳にもなって長すぎる反抗期を拗らせている私は、もう何年もろくに会話をしていなかったが、先日友人の後押しもあり、久しぶりに父と連絡を取った。今年の夏に初めて遊びに行くことを伝えると、母に送るつもりだった「ナツが来るって！」という浮ついたＬＩＮＥが間違えて私に届き、気恥ずかしかった。父は昔から常々「いつか娘たちと酒が飲みたい」と言っていたが、私はその願いをちゃんと叶えてあげられるだろうか。今さら父と仲良くできないという不必要な恥を捨てるには、お酒の力を少しだけ借りたい。

朝倉菜摘子　あさくらなつこ

１９９５年３月生まれ。高校時代、雑誌の素人連載コーナーで採用してもらったのを良いことに、物を書く仕事に興味を持つ。大学中退後はアルバイトを転々とし、今はフリーの編集者の下でアシスタントをしている。

下戸ブックガイド

下戸の逸話事典
歴史を動かした非酒徒たち
鈴木眞哉
東京堂出版

「非酒徒学」とは、非酒徒＝下戸を論じる学問というところだろうか。酒を飲まない人について飲めない人、飲めるけど飲んではいけない人、飲めるけど飲みたくない人の分類にはじまり、非酒徒の複雑な世界が幕を開ける。下戸の逸話は菅原道真から山本五十六、赤尾敏（下戸でしたか！）に昭和天皇、外国篇は釈迦、カエサル、ニュートン、ロベスピエール、ナポレオンにアラビアのロレンス、ロンメルと多彩な160の逸話を収める。目次にすべて名が載っているのに、人名索引も完備。気になるあの英雄の下戸話に浸りましょう。鈴木眞哉によると、酒を飲まないというだけで温和、善良なイメージがあるが「自己陶酔的で過激な人物が多い」そうです。

下戸ブックガイド

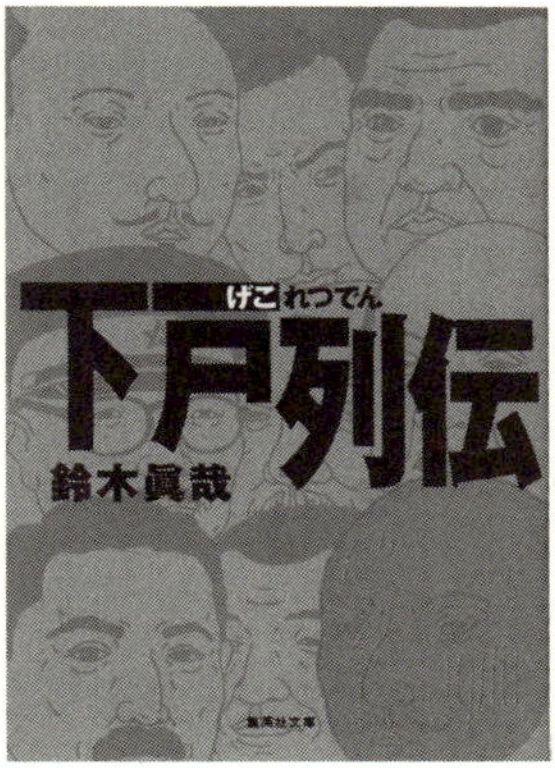

下戸列伝

鈴木眞哉

集英社文庫

鈴木眞哉の熱心な情報収集の偉大なる成果『下戸の逸話事典』から日本人編を集約、加筆改訂したもの。刊行時の最新下戸人、淀川長治まで78人が取り上げられている。非酒徒学はここでは「下戸学」となり、日本国内の下戸の歴史をたどっていく。「下戸の人類学」、「下戸の登場」、「文明開化と酒縁社会」と、卑弥呼の時代に遡り、酒と下戸と人の歴史を探る。勝海舟、西郷隆盛、武市半平太、近藤勇に清水次郎長と並ぶ幕末・維新の章がとりわけ読み応えあり。ちなみに著者の鈴木は下戸ではない。信長やヒトラーのような「いかにも飲みそうな奴」が下戸であるのがおもしろい、と興味を持ち研究に勤しむことになった。

猫は夜に
魔法をかける
小沢竜也

お知らせ

夜の寺社で猫に出逢う

小沢竜也

お酒を飲まない僕の夜は長く、深い。

近郊の寺社に向かうのは週に一度ほど。終電間際から明け方までふらりと境内を歩き、猫との出会いを待つ。猫は自由で、ふとカメラを向けた先に立ち止まってくれたかと思えば、一瞬で消えてしまうこともある。そのわずかな気配がいい。

夜の空気に魅了されたのはいつからだろう。はじめは昼間に神社やお寺、公園に足を運び、猫を撮っていた。あるときから夜の猫にはまった。

夜の寺社では、お参りに来られる方以外にもよく人に出会う。犬の散歩、猫の世話、近所のコンビニを出禁になった酔っぱらい。初対面の素性も分からない同士で挨拶を交わし、世間話に花が咲く。時間度場所がそうさせるのだろう。みんなどこか優しい。

寺社と猫と夜の組み合わせはたまらなく神秘的だ。シラフでじっとその時間を楽しむ。お酒を飲んでしまったら感覚が弛緩し、この神秘感は伝わってこないのだろうなと思う。餌で猫をおびき寄せるような事はせず、現われてくれるのを待つ。

暗闇に光る瞳に気が付き、静かに見る。瞳の奥は神話の世界と繋がっているようだ。深い夜に広がる不思議な世界。猫は夜に魔法をかける。

夜の寺社巡り　初心者のススメ

通いやすい場所でお気に入りの寺社を一か所見付けておくと、気持ちをリフレッシュしたい時、すぐに足を運べるのでとても良い。

夜は特に、挨拶を大切に。

職務質問を受けることがあるかもしれないので身分証明書は持っていると良いかもしれない（笑）。

どんなにシャッターチャンスでも、参拝者が優先です。カメラでお参りの邪魔をしないように気を付けよう。

小沢さんの下戸加減

両親ともに下戸で、しっかり受け継いでます。1杯飲むとぐだっとなって関節が痛くなってくる。でも僕はお酒の味は好きで、バーに飲みに行きます。バーテンダーさんに頼めば、飲めない人用にアレンジして作ってくれます。お酒をほんのり効かせてくれたりして。居酒屋だと「飲んでないの?」とか言われるけど、バーだったら飲む人と対等になれるのもいい。

小沢竜也《おざわたつや》

写真家。1976年、神奈川生まれ。猫の不思議さを追いかけて東へ西へ駆けずり回る。2012年コニカミノルタ・フォトプレミオ入賞。作品集に「おねこさん弐」など。

4

下戸とカルチャー

酔わない文壇

川口則弘

後輩に慕われる下戸の作家たち

酒というものを通して日本の近代文学史を眺めると、くっきりと浮かび上がる一つのかたちがあります。酒を飲めない者たちの、悲しみに満ちた苦闘。もしくは奮戦の軌跡です。耳を澄ませば聞こえてきます。マジョリティに対するマイノリティの悲痛な叫び。いい大人なら酒が飲めて当り前、という傲慢なたわごとに傷つきながら、酔っ払いへの怒り、敵意、嫉妬に悶《もだ》え、しかしいっぽう羨望の念、親愛の情も抑えることができません。複雑な心理です。綾だらけです。生まれ落ちたときからおのずと逆境を強いられた下戸の民たち。彼らがいなければ、日本の近代文学はまた別の道を歩んでいたでしょう。

たどりたどって明治時代、近代文学が芽吹いたちょうどその頃、ひとりの人気作家が生まれます。ミスター新聞小説。尾崎紅葉です。読売新聞社に身を置き『多情多恨』『金色夜叉』などのヒットを連発した紅葉は、普段から面倒見がよく、多くの仲間や弟子たちに

慕われました。人が集まるところ酒が欠かせない、という風潮は当時もいまも変わりませんが、紅葉自身は酒が強くなく、飲めても三杯くらいが精一杯。自ら「三杯上戸」と称し、まわりからは「酒内直寝（さけのうちすぐね）」というあだ名でからかわれます。

一九〇一年、紅葉も参加した硯友社の新年会では、当然のように酒が振る舞われますが、弟子の小栗風葉がすさまじく泥酔。まわりに迷惑をかけるわ、紅葉に抱きついてくるわ、醜態をさらします。荒れる宴のなりゆきに困った紅葉、ここで何を思ったかいきなり号泣したというのです（巖谷大四『文壇ものしり帖』）。酔っ払った弟子を目の前に、なすすべもなく泣いてしまう。やさしいにもほどがあるでしょう。しかし、こういう人柄のおかげで多くの人に頼られた、という面は否定できません。

それから数年、『吾輩は猫である』を発表して一躍文壇の星になったのが夏目漱石ですが、彼もまた下戸として知られています。次男の伸六によると、知り合いに出す正月の葉書には「酒を呑みに来ないか」ではなく「雑煮を食いに来ないか」と書くくらい、酒に無関心でした。それでも漱石の家も紅葉に劣らず、門下生から訪問者から激しい出入りがあり、弟子の鈴木三重吉や森田草平あたりは無類の大酒飲みときています。

ある年の正月のことです。いつものように酔っ払った三重吉が、みんなで頬被りして威勢よく飲もうぜ、と意味不明なことを言い出し、居並ぶみんなの顔に手拭いをかぶせ始めます。客のなかには、おれは嫌だと憤然と断る人もいて、それはそうだと思うのですが、「父は、されるが儘に頬被りをして、いつも通りに坐っていたと云うことだが、内心では、又三重吉の奴がと、多少は辟易する気持があったかも知れない。」（夏目伸六「下戸の正月」）

何という、飲ん兵衛に対するこの慈愛。ないしは諦観。下戸というのはたいてい、上戸に対してあきれるほどに寛容です。

酒は弱い。だけど（いや、だからこそ）頼りがいがあり、若い酒飲みたちが安心して集まってくる。……という構図が文壇に表れるのは、明治のいっときに限りません。まるで社会の定めのように、その後も時代を問わず受け継がれていくのです。

大正から昭和にかけての文壇のドンといえば、何より菊池寛の名を挙げなければいけませんが、その菊池もまた酒は弱く、好んで飲む人ではありませんでした。藤沢桓夫の証言を引きます。

「菊池先生はお酒は一滴も口にしなかったけれど、大変な食いしん棒、というより、子供のようにすぐにおなかをへらす人」（『大阪自叙伝』）

キュートすぎるぞ菊池寛。と言いたくなるようなその個性でぐいぐい交友を広げていくと、一九二三年には『文藝春秋』を創刊。ついには下戸ならではの（!?）新企画を始めることになる、というお話は、また後段で触れることにします。

菊池より四年早く生まれた長谷川伸は、その菊池に見出されて「夜もすがら検校」を発表、注目されたことをきっかけに大衆文芸の礎を築きます。彼のまわりもやはり多くの人でにぎわい、小説・劇作の勉強会はやがて「新鷹会」という組織に発展して、大衆文壇に一大勢力を形成しました。

「若いころは、つきあいでお酒を飲んだこともあるようだが、少しも酔わないので、やめてしまった、と聞いたことがある。」（村上元三「長谷川伸と酒」）

と弟子の村上元三が書いています。長谷川が飲めない体質だったのか、よくわかりません。ただ、宴会ともなれば酒好きの会員たちこぞって羽目を外します。やかましく騒ぎます。そんなときでも長谷川は、端然と座ったまま、静かに場の様子を眺めていたそうです。まさに「飲まない親分、飲む子分」の構図です。

無茶をやらかす酔漢がいても、温厚に対応しようとする下戸たち。彼らの存在が、文壇というゆるやかな集団形成に好影響をもたらしたのは、まず間違いありません。

反発、そして羨望

体質的に酒を受けつけない人はどこにでもいます。文士といえども例外ではなく、誰も彼もが葛西善蔵のように飲んだくれて破滅に突き進むわけではありません。下戸の作家もひそやかに、そしてたくましく文学の道を歩みました。

紅葉門下の四天王のなかで、酒癖の悪い小栗風葉には触れましたが、ほとんど飲めなかったのが徳田秋声です。稀代の酔っ払い評論家、小林秀雄にからまれると、だらしなく寄りかかられたところでブチギレて、「おい、小説で来い！」と怒鳴りつけた、というイケてる逸話も残っています。その秋声と並び称された自然主義の偉人、正宗白鳥もまた同じく下戸の人。『中央公論』が開いていた定例会合「二七会」で顔を合わせると、なぜかいつも隣り合って座り、一向に減らない酒を前に置いたまま、小説論議に熱中していたそうです（松下英麿『去年の人』）。秋声と白鳥。飲めない者同士おそらく通じ合うものがあったのでしょう。

白鳥の厭世主義に対して、好個の対照だと芥川龍之介が評したのが、武者小路実篤の楽天主義ですが、そんな実篤も飲まない作家の代表的なひとりです。知り合いだった画家の

岸田劉生が「酒をのまないのは人間ではない」などと、酔いにまかせて放言したらしく、その話を聞いた実篤は思わずムッとします。

「笑ってすませるには僕も若かった。僕は無愛想にいった。

「酒をのまなければ人間になれないのは困ったものです」

岸田はその時一言もいわなかった。」（「思い出の人々」）

たしかに、まったく困ったものです。

しかし、いかなる変化があったものか、酒なしで通した実篤も四十歳を超えたころから猪口で一、二杯程度は飲めるようになった、というのですから人体の不思議には驚きますが、そうやって見渡してみると、年とともに酒に馴染んでいった作家はけっこう目にとまります。酒の飲めない江戸川乱歩は、極度の人嫌いのせいもあって、ずっと酒宴が苦手でした。ところが戦中、戦後と社交的になるにつれ、酒量も合わせて上がったそうです。飲酒を通して社会そのものと折り合いがつく。酒の大きな美点かもしれません。

戦前の人気作家、横光利一なども、若いころはあまり飲めなかったと言われます。それが年をとるうちに酒への抵抗感が薄まり、けっきょく寝酒（ナイト・キャップ）でビールを飲むまでになったという、下戸脱却派です。なぜ横光は酒を求めたのでしょう、「徹夜をして執筆して、しらしら明けになって床にはいっても、頭には、いろんな空想の続きが渦巻いて、容易に眠れない」からだと、小島政二郎は言うのですが（『食いしん坊』）、行きつけの料理屋だった「はせ川」では、飲んでいる横光がずいぶん目撃されています。人付き合いのいい横光のことです。社交のなかで鍛えられた面もあったのでしょう。

作家の仕事が頭脳労働なのはたしかなことで、ときに息抜き、気晴らし、気分転換という酒の効用に魅力を感じる気持ちもわからないではありません。広津和郎は正真正銘、下戸中の下戸ですが、酒が飲めたらどんなによかったかと、たびたび苦しい胸の内を吐露しました。とくに一九三九年、長男と母親を立てつづけに亡くしたときには、心身ともに参ってしまい、

「酒の飲めない人間には、朝から晩までが同じ気分である。それをどう転換しようもない。」（「神の寵児とその反対の人」）

と下戸たる我が身を嘆いています。日ごろの鬱屈から解放されて無防備に酔いたい。だけど飲めない。どうにもせつなくなるところです。

下戸が支える文学賞

一九三四年、菊池寛率いる文藝春秋社が二つの文学賞を創設しました。賛否両論、毀誉褒貶、いまに至るまで話題の種を蒔きつづけている、いわゆる長寿企画です。

かたや四十三歳の若さで亡くなった直木三十五を記念して、大衆文芸の新進発掘を狙った直木賞。かたや衝撃の自殺で青年たちを愕然とさせた芥川龍之介を偲び、純文芸の有望な新人を見つけることを目指した芥川賞。名を冠された二人には、ある共通点があります。酒に弱かったことです。

直木は「私の略歴」のなかで「酒は嗜まず。」と明言しています。誰かと一緒の席ならともかく、日常的に飲む習慣はなかったようで、「直木は僕のように酒のみではなかった」(「直木三十五と酒」)と学生時代からの友人、保高徳蔵も言っています。いっぽう芥川も、酒量はおそらく直木と同じくらい。汁粉屋をこよなく愛する甘党で、知り合いのあいだでは「下戸」で通っていました。この両者が文学賞として並ぶことになるとは、何たる奇縁。

文士と酒は不可分だ、と思われている状況で、新たな文壇行事として生まれた「文学賞」に、まるで酒の影がないのはいったい何の偶然でしょうか。いや、これは文句なく必然でしょう。

当時、文藝春秋社の編集者だった永井龍男ははっきり書いています。

「芥川賞委員も直木賞委員も、初期の人々はほとんど下戸ばかりであった。」(『回想の芥川・直木賞』)

最初の委員のうち、小島政二郎、佐藤春夫、瀧井孝作、川端康成などは明らかな下戸です。まもなく加わった宇野浩二や片岡鉄兵も酒に縁がありませんでしたし、文春の専務だった佐佐木茂索もやはり、飲まない派でした。

当初の両賞は、候補作を決める予選の段階から委員たちが主体となっていましたが、その予選を任されたのが、直木賞では小島、芥川賞では瀧井、川端、宇野といった顔ぶれです。要するに下戸ばかりです。予選委員は比較的時間のありそうな人が選抜されたとも言われていて、そう考えると、飲まない人間はその分だけ暇がある、と思われたのかもしれません。

選考会場となったのは、だいたい料理屋や料亭です。と、それを聞いて「何だ、酒なんか飲みながら人の小説を品評していたのか、とんでもないな」と思うのは、酒が飲める人の発想でしょう。飲めない人が議論するのに、酒など邪魔でしかないからです。酒抜きの環境で誕生した文学賞。これが昭和以降の文壇形成に多大な影響を及ぼしたことは間違いありません。

太宰と三島、宴会での一幕

敗戦から一年ほど過ぎた一九四六年暮に、学生の下宿先の一室で、とある宴会が開かれました。

主客として招かれたのは太宰治と亀井勝一郎です。とくに太宰は若者を中心に熱狂的な崇拝者を獲得していた三十七歳の人気者。その日も彼の話が聞けるとあって、参加者たちは胸を躍らせていました。太宰のほうもチヤホヤしてくれる愛読者たちに囲まれて、大好きな酒が飲める。ご機嫌の様子です。

ところが、友人に誘われてその場に出向いた二十一歳の平岡公威青年、ペンネームでいうところの三島由紀夫は、どうにもその状況に馴染めません。酒をあおり、ときどき適当なアフォリズムを放っては若者たちを煙に巻く太宰の姿に不快感を覚えます。現場にいた劇作家の矢代静一によれば、どう見ても太宰は酒が飲めるから顔を見せただけで、がむしゃらに文学談義を求める三島のほうが浮いていた、ということです。

さて、そんな三島は酒が飲めたのでしょうか。後年の文章には「私はまだ酒に情熱を抱

くにいたらない。時々仕事の疲労から必要に迫られて呑むことがある。」(「趣味的の酒」)とあります。ただ、友人の矢代は「酒を呑めなかった」と見ていました(「三島と太宰」)。気持ちよく酔っ払う太宰。食ってかかる酔えない三島。

しまいには三島が「僕は太宰さんの文学は嫌いなんです」と面と向かって口走るというドキドキするような展開を呼び、才能ある二人の作家の違いや亀裂をあぶり出す有名な逸話として広く知られるようになりました。あるいは三島が酒好きだったら、事態は変わっていたはずです。酔えない人の、不器用な矜持を感じないわけにはいきません。

たくましく生きぬく飲めない作家たち

左党の人たちは、質の良し悪しにかかわらずアルコールなら何でも口にしようとする哀しい習性があります。戦中そして戦後に躍動した「無頼派」と呼ばれる作家たちは、太宰をはじめとして、坂口安吾、石川淳、田中英光、みんなだいたいその類いです。しかし無頼派のなかでは珍しく、からきし酒が苦手だった人がいます。織田作之助です。

旧制三高時代からの下戸仲間、青山光二とつるんでは、京都の喫茶店を練り歩き、コー

ヒーで粘るという〈ノンアルコール〉な青春時代を送ります。一九四六年に銀座のバー〈ルパン〉で林忠彦が撮影した織田の有名な写真がありますが、酒場でおどけてみせるのは織田が生来持っていた旺盛なサービス精神によるものだ、と説くのが青山です。

「作之助は酒のみではありませんでしたが、そのかわり（？）酒をのまなくても、つねに酔っているようなところがありました。生活感情が、通常の人間とは一ト調子も二タ調子もちがっているのです。」（「無頼派における文学の青春」）

たしかに素面《しらふ》のまま酔っ払いの圧力に対抗できるなら、酒を飲めないことを悲観する必要はありません。

戦後に人気作家となった今東光なども、酒の力を借りずに場を盛り上げることができる非凡な才能をいかんなく発揮した人です。直木賞を受賞したのが一九五七年。このときは選考委員の川口松太郎に、

「良家に育つた彼は放蕩無頼で酒癖が悪く、」（『オール讀物』一九五七年四月号）

と書かれますが、直後に行われた徳川夢声との対談では、いやいや、おれは酒が飲めないんだ、「酒癖が悪く」というのは何かの間違いだろう、と笑いながらジュースを啜りました。その後、酒乱にも劣らない放言癖を開花させ、「毒舌」を売りにして活躍したところに、下戸のしたたかさを感じます。

柴田錬三郎も筆歴は古く、戦後になって表舞台に躍り出た作家です。後年、純文学に対して向けた鋭い舌鋒などは、今東光にも引けをとりません。宴席は嫌いではなかったようですが、酒は口にせずいつも仏頂面。若いころには出版の裏方として会社に勤めた期間もあり、酒宴も数限りなく経験したでしょう。飲めないことに寂しさを覚える夜をいくら経ても、屈託は顔に出さず、口の端を曲げた表情で寡黙にその場に溶け込んでいく。織田や東光とはまた違ったかたちの下戸道を貫きます。

評論家として大成した大宅壮一は、世代でいうと柴田よりも東光に近い、紛れもない文壇人のひとりです。同輩も後輩も、まわりはみな酒を飲む。人生を謳歌したり身を持ち崩したりする彼らの有り様を傍で見ながら、自身は若いころから晩年まで、ずっと酒が飲めませんでした。

壮一がしみじみと語った言葉を、没後に妻の昌が紹介しています。

「ぼくは男として酒が飲めなかったことは、人生の中のもう一つの扉が閉ざされたままで、酒に酔うという天国気分を知らなかったことがさびしい。」「飲める人はいいなァと。」（大宅昌「値段の明治大正昭和風俗史　日本酒」）

飲まなくても別に問題ありません。だけど飲んでいる人を見ると、つい羨ましく感じてしまう。負けるな壮一。と思わず応援したくなるのは、たぶん私が下戸だからでしょう。

彼らが生きた昭和中盤以降、大量消費社会の進展は勢いを増し、うまそうに酒を飲むCMが嫌でも目に入るという、酒飲みを基準にした社会構造は衰えを見せません。昭和から平成、そして令和へと変わる時代のなかで、酒を飲めない作家たちはどう闘ってきたのか。いつかまた「現代文壇下戸列伝」が書かれる日がくるでしょう。くるんでしょうか。ただ、とりあえずいまこの瞬間にも、下戸な作家たちの苦闘と奮戦によって脈々と文学作品が生まれていることだけは、たしかな事実です。

イラスト　鈴木浩平

イチオシ！
下戸作家の1冊

デカダン作家 行状記
柴田錬三郎
集英社文庫
架空の作家が自分の体験談を妄想まぜこぜで語っていくという小説。虚実のあわいを食い破っていくパワーと哀愁がたまりません！

年月のあしおと
広津和郎
講談社学芸文庫など
明治生まれの作家による正統的な回想記ですが、正篇も続篇もけっこう長いのに、何度読んでも飽きません。安定と信頼の広津ブシ。

川口則弘　かわぐちのりひろ
1972年、東京都生まれ。直木賞研究家、会社員。筑波大学比較文化学類卒業後、就職。2000年より直木賞非公式WEBサイト「直木賞のすべて」(http://prizesworld.com/naoki/)を運営。著書に『直木賞物語』『芥川賞物語』(文春文庫)、『芸能人と文学賞』(KKベストセラーズ)など。

ストレート・エッジ入門

網田有紀子

酒は飲まない。タバコは吸わない。ドラッグには手を出さない。快楽目的のセックスはしない。

こう並べると、いわゆる「草食系」男子にあてはまる特徴のようにも見える。思い浮かぶのは、ふんわりした髪質に、余計な脂肪も筋肉もない体型、主張のなさが主張のような若者のイメージかもしれない。しかし、それとは対極をなす風貌――威圧感十分のスキンヘッドに、いかついタトゥーに覆われたマッチョな身体で、自ら選び取った主義としてこのポリシーを貫く人々がいる。それがストレート・エッジだ。

ストレート・エッジという概念は、もともと音楽に由来する。しかも不良の音楽の代表格であるパンク・ロックだ。ロックと言えばセックス・ドラッグ・アンド・ロックンロールの一括りが定番だし、パンクと言えばツンツンに尖ったモヒカンに安全ピンで留めた破れたTシャツというコテコテのイメージからすると、そんなところから禁欲主義のような概念が出てくるなんて不思議に思えるかもしれないが、ストレート・エッジを育む土壌となったのは、イギリス発祥のパンクをさらに速く攻撃的にしたアメリカのハードコア・パンクと呼ばれるシーンだった。

時代は80年代初頭、舞台はアメリカ東海岸。ストレート・エッジ（直訳すると直線定規）という名は、ワシントンDC出身のバンド、マイナー・スレットが81年にリリースしたデビューEPに収録された同名の曲から来ている。当時アルコールとドラッグが蔓延するライブ会場で、音楽そっちのけでフラフラになっている観客を見て嫌気が差したというヴォーカルのイアン・マッケイは、畳み掛けるようにこう歌ったのだった。「俺だってお前と同じ人間だ、でもボーっと座り込んだり、生ける屍とつるんだり、白い粉を鼻から吸ったり、ライブで気絶したりするほどバカじゃない、スピード（覚醒剤）のことなんか考えもしない、俺に必要なものじゃない、俺はストレート・エッジだ！」。単刀直入なそのメッセージもさることながら、46秒という圧倒的な短さもインパクトがあり過ぎるこの曲と、〝アウト・オブ・ステップ〟の「俺は吸わない、飲まない、ヤらない」という明確なステートメントとなる歌詞も後押しして、ストレート・エッジという概念は一種の思想、理念、ライフスタイルとなって、熱烈な傾倒者を増やしていった。当時のマイナー・スレットのようなハードコア・パンク・バンドのライブ写真を見ると、バンドと観客の距離の近さに度肝を抜かれる。あの距離で、あの熱量で、爆音と共にぶっ放されたメッセージは、その場にいた一人一人に啓示のように突き刺さったことだろう。

とは言え、もちろんストレート・エッジが一気にマジョリティになったわけではない。むしろ大半が反発どころか理解も興味も示さなかったのではないだろうか。基本的には遊びたい盛りの若者が集まるシーンにおいて、こんなストイックな生き方に共感する人々が現われたことは矛盾のようにも思える。傾倒した理由やきっかけは人それぞれだろうが、ひとつ考えられるのは、反抗の手段としてのストレート・エッジだ。いわゆる真面目な家庭で育ったのなら、飲酒や喫煙で親に反抗できる。しかし、アルコールやドラッグ依存症の家族がいた場合、引き起こす問題を間近で見てきた経験から、自分は絶対にああならないと決意したくなるのは想像に難くない。また、酒もドラッグもさんざんやり尽くしたからもうたくさんだという段階に、早ければすでに十代のうちに達していた人もいただろう。その根底には時代背景の違いもあるが、アメリカと日本の社会環境の違いも思い知らされる。そして特にミュージシャンにとっては、権力や社会に反抗する表現である音楽に対して真剣であるが故に、シラフであることが重要だった。自分は享楽にふけりながら社会に文句を垂れるのは単なる甘えであり、真の意味で反抗的であるためには、ハイになっている場合ではない。己の行動を律する生き方をさらに突き詰めて、完全な禁欲主義や菜食主義などに行き着く人もいたくらいだ。

"Complete Discography", マイナー・スレット

そんな風に、個人としてはざっくり言って「いい人」であるストレート・エッジだが、一部のフォロワーによって暴走した事実もある。ワシントンＤＣの北東にある街ボストンで、排他的で攻撃的なムーブメントに変貌したのだ。強面で筋肉隆々のパンクスが、シラフで、酔っぱらいを責め立てボコボコにする地獄絵図なんて想像する前から恐ろしい。ストレート・エッジのリーダーとされたイアン・マッケイだが、彼自身は極端な過激主義には違和感を覚え、距離を置いていたという。大きく言えば根底は平和主義なのに戦争を起こしてしまう宗教のようであり、小さく言えばどんな健康法を信じるにしても「健康のためなら死んでもいい」とのたまうほど極端に走っては無意味になってしまうのと同じだ。

ストレート・エッジのシンボルのひとつに、手の甲に入れたＸのタトゥーがある。これは当時のライブ会場で、未成年で飲酒できないことを示すために手の甲にＸ印を書かれたのが発端だという。Ｘのタトゥーは、一生をかけてストレート・エッジを貫くという強い意思の表われなのだ。いかにその意図をきちんと理解して共感し、憧れを持ったとしても、やはり現実の生活の中で実践するとなると相当の覚悟がいるはずだ。シーンはかつての勢いを失くしたとは言え、現在もストレート・エッジをライフスタイルに選んでいる人々は存在する。もちろん性別も職業も外見的特徴もさまざまだ。Ｘのシンボルを誇らしく掲げる人もいれば、人知れず粛々と自らを律して生きる人もいるだろう。もしかすると日本の草食系は無自覚のストレート・エッジなのかもしれないし、そんなわけないのかもしれない。
どんな理念も、実践されてこそ意味がある。恥ずかしながら私にもストイックな生き方に憧れた時期があり、（魚は食べる）ベジタリアンだったことがある。つまり、やめた。タバコは「やめるのが大変そう」という至って消極的な理由で始めなかっただけだし、お酒は楽しく適量で、がモットーだが年を重ねるにつれて量が減っただけで、飲まないに越したことはないんだろうなと漠然と思うにとどまっている。理念と実践の間に立ちはだかる壁は厚く、高い。

網田有紀子　あみたゆきこ
1974年、東京生まれ。ライター、通訳、翻訳家。ロッキング・オン国際部、編集部を経てフリーに。

映画の酔っぱらい

鈴木毅

毎日、ある時間を過ぎると世の中は二種類の人間に分かれる。昼間では世間の多くの人が素面、つまりお酒を飲んでない状態であるのだが、仕事が終わる夕刻を過ぎると、世間は酔っ払いと素面という二種類に分かれる。「今度飲みに行きましょうよ」と誘われると悪い気はしないので二つ返事で了承し、いざ待ち合わせの居酒屋で僕はジンジャーエールを注文する。

相手は「飲まないんですか？」と必ず聞いてくるので「飲めないんですよ」と返答する。このやり取りを何度となく交わすことで僕の中ではある意味合言葉のようなものになっている。しかし僕は数多くの酔っ払いと同じテンションに合わせることができる特異体質なので、そのまま二軒目も三軒目も付き合うし、なんなら締めのカラオケも付き合う。次の店への移動中に相手がかなり酔っ払っていて道端のカラーコーンにぶつかって転んでも、素面な僕は倒れたカラーコーンを立て戻して、倒れた酔っ払いがどうやって起き上がるのか冷静に眺めることができる。

改めて下戸とはなにかとインターネットで「下戸」と入力して検索してみると、下戸に関連する検索キーワードが現れた。「下戸　飲み会」「下戸　つまらない」。そんなキーワードをさらにたどると「下戸　飲み会　くるな」というヘイトワードが登場するではないか。なんということだ。そもそもお酒を飲める人は〝上戸〟、飲めない人は〝下戸〟ということも字面として下に見られているようでなんちゅうか、こう、居心地が悪い。酔っ払いが倒したカラーコーンを立て戻したり、消費者金融のポスターのモデルにキスをしたり、居酒屋の女子店員に絡んでる酔っ払いをたしなめたりと世話を焼く下戸は、どちらかというと上役な気分であるのに。そんな酔っ払いを迷惑と思わずに適当にあしらい、「しょうがねえなぁ」と手の平で遊ばしている感覚は〝上戸〟より上の立場でなかろうか。そもそも、下戸がいなかったら酔っ払いはどんなトラブルに巻き込まれているかわかったものではない。自宅に一人で帰れるかも怪しい（が、どんなに酔っ払っても帰れる人がいるから不思議だ）もので、下戸がいるからこそ安心して飲めることに酔っ払いは感謝してもいいくらいである。といっても酔っ払いは翌日には覚えてないだろうけど。

映画『ハングオーバー！　消えた花ムコと史上最悪の二日酔い』（09）は世話焼きな下戸がいなかったら酔っ払いたちはどうなるかを描いた作品だ。どうなるか。覚えてないんだなこれが。

独身最後に男友達と過ごすバチェラー・パーティーを描いた本作は、結婚を控えたダグと義弟、友人二人でラスベガスの夜を過ごす。が、翌朝に起きると荒れに荒れたスイートルームにはなぜか赤ちゃんとトラがいて、新郎のダグがいなくなっていた。残された三人は昨晩のことはまったく覚えてなくて、部屋に残された手がかりを元にダグを探し回るというコメディ。どんな酔っ払い方をすればそうなるのか、という昨晩の痕跡を手がかりに物語は進むのだが、それが解明されるのが実はエンドクレジットに映るスチール写真。そのあまりにぶっ飛んだ酔っ払いの所業に劇場は爆笑に包まれたが、下戸である僕の爆笑のなかには憐憫が含まれていたことをここに記しておこ

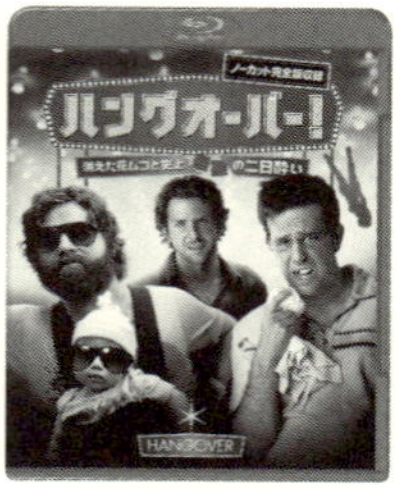

『ハングオーバー！
消えた花ムコと史上最悪の二日酔い』

ブルーレイ 2,381円＋税／ DVD 1,429円＋税
ワーナー・ブラザース ホームエンターテイメント

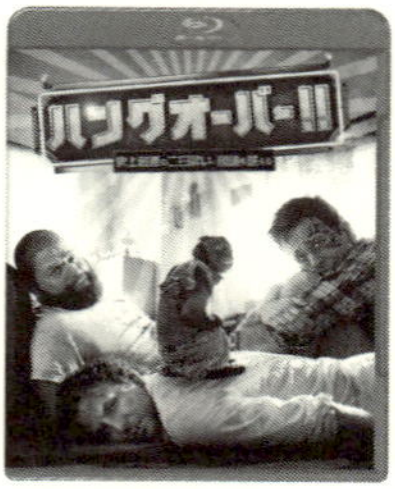

『ハングオーバー !!
史上最悪の二日酔い、国境を越える』

ブルーレイ ￥2,381＋税／ DVD ￥1,429 ＋税
ワーナー・ブラザース ホームエンターテイメント

『ハングオーバー !!!
最後の反省会』

ブルーレイ ￥2,381＋税／ DVD ￥1,429 ＋税
ワーナー・ブラザース ホームエンターテイメント

う。大ヒットした本作はその後まさかのシリーズ化でなんと三作も作られた。

四人の酔っ払いのカオスにはまだ微笑みを投げかけられる下戸もいるかと思われるが、酔っ払いが数百人になるとどうだろうか。

それが『プロジェクトX』(12)という映画である。タイトルからして偉業的なイメージを持ってしまいがちだがさにあらず。学校では目立つタイプではない高校生のトーマスは両親の旅行中に自宅で友人四人と誕生パーティーを企画する。両親は息子を自宅に残すことを少しは心配するものの「友人も少ないし、負け組だからハメを外すようなことはしないだろう」といって旅行に出かけてしまう。親にまでそう思われているトーマスは、もちろん誕生パーティーを友人同士でささやかに行うつもりはないのである。そう、パーティーを伝説にして学校の負け組からの脱却を図ろうとする、学生生活の一発逆転を狙ったものだったのだ。ということでインターネットのSNSでパーティーの告知をするトーマスたち。果たして告知が盛大にバズってしまい、パーティー当日にはトーマスのことを知

『プロジェクトX』
ブルーレイ ¥2,381+税/ DVD ¥1,429 +税
ワーナー・ブラザース ホームエンターテイメント

らない赤の他人数百人が押しかけ、トーマスの誕生パーティーは知らない酔っ払いたちによる制御不能の狂乱の宴と化していくのであった。

映画はトーマスの友人ダックスが撮影した手持ちカメラの記録映像という設定で、数百人の酔っ払いによる臨場感あふれる制御不能のカオス状態の飲み会に観客である下戸は放り込まれるのだ。自分で何を言っているのかわからなくなってきたが、この狂気の酔っ払いのエスカレーションについて、監督であるニマ・ヌリザデは「パーティーの限界を行きたかった」と言っている。実は監督も酔っ払っていたのではないかと思われるほど下戸には理解不能なテーマを掲げた本作のラスト、ぜひその限界とやらを目に焼き付けて欲しい。

酔っ払いの限界とはなんだろう。普通の酔っ払いが家路に就くのを諦め、駅のホームで横になりビバークしている姿をよく目にするが、これなどは限界に挑んだ末と思って良いだろう。しかし本当に限界になると最強になる酔っ払いもいる。

ジャッキー・チェンの『ドランクモンキー　酔拳』(79)だ。

拳法道場のドラ息子のジャッキーが修行をして酔拳を学び悪漢を打ちのめすというコメディタッチのカンフー映画で、香港、日本ともに大ヒットした映画である。酔拳は「酔えば酔うほど強くなる」。そう、酔いに限界がないのだ。テレビ放映時に子どもであった僕は、

『酔拳2』
HDデジタル・リマスター ブルーレイ アルティメット
・コレクターズ・エディション(2枚組)6,990 円+税
ワーナー・ブラザース ホームエンターテイメント
Drunken Master II © 1994 Epic Enterprises Limited.
Package Design © 2007 Warner Bros. Entertainment Inc.

『酔拳』 発売中
Blu-ray 2,381円(税別)
／ DVD 1,410円(税別)
発売・販売元：ソニー・ピクチャーズ
エンタテインメント

なぜ酔っ払うと強くなるのか皆目わからなかったが、とりあえず酒の力とはただものではないと思ったものである。そしてその十数年後、ジャッキー・チェンは続編の『酔拳2』（94）を作り僕の前に再び酔っ払いとして姿を現した。今作もジャッキーは酔えば酔うほど強くなった。今回は修行などせずに、初めから酔拳を使えるのだが、冒頭で戦った武術家にパワー不足だと指摘された。つまり同じ酔拳を使うとしてもシラフだと弱いのだ。物語は香港の英国領事が中国の国宝を私欲のために国外に持ち出すことを知ったジャッキーが立ち向かうというシンプルな話なのだが、クライマックスの鉄工所での死闘でジャッキーは酔っ払いの限界を超える。そう、飲めば飲むほど強くなるその限界を。ジャッキーはその場にあった工業用アルコールを飲み干し、最強の酔拳で敵を叩きのめすのであった。日本版では最後にジャッキーが口から泡を吹いて映画は終わるのだが、実は本国版ではその続きがあり、工業用アルコールの後遺症でボロボロになったジャッキーが登場してワハハというオチであった。下戸にとってはワハハであるが、上戸の方々には正直笑えないラストであるので日本版でカットしたのは賢明であった（下戸の上から目線）。ちなみにジャッキー・チェンは実はお酒が苦手。撮影には逆立ちしてあの酔っ払いの赤ら顔を作っていたという。

さて、そんな限界を超えた酔っ払いの行く末はアルコール中毒、略してアル中である。ビリー・ワイルダー監督の映画『失われた週末』は一人のアル中の作家の男が酒を求めて苦しむだけの映画だ。もともとアル中だった男は他人の金をくすね酒を買って飲むが、酒がなくなるとまた酒を求めて街を彷徨う。一文無しの彼は泥棒までしようとし、挙げ句の果てに商売道具のタイプライターまで質種にしようとする。最終的に病院に入れられ、そこで幻覚を見て映画は終わる。実はこの映画が作られた一九四五年当時は、それまでアメリカでは酒に溺れるものは意思の弱い者、堕落した者として蔑まれていたのだが、医学の進歩によりアル中が〝アルコール依存症〟という疾患として認められ出した時期でもあったのだ。そんなことを知ってから本作を観ると、当時としては最先端の映画だったことがわかる。しかし下戸にとっては酒への渇望が他人事なのでその苦しさはイマイチわからなかったりもするのだ。「酒は飲んでも飲まれるな」なのだ（下戸の上から目線）。

改めて酔っ払いについて考えてみると、地方に住んでいた下戸の僕にとって日常生活で泥酔した酔っ払いを目にすることはほとんどなかった。下戸は当然居酒屋にはいかないし、夜の繁華街などに近づきもしない。地方では移動は車なので酔っ払いどころか歩く人間を見ることとさえ稀だ。しかし東京で暮らすと世の中にはこんなに多くの酔っ払いがいたのかと驚くことになる。金曜の夜ともなると街なかを歩く人々や電車に乗っている人々のほとんどが酔っ払いである（下戸目線）。電車内ではつり革にぶら下がって寝ている酔っ払いや、ブツブツとなにかをつぶやいている赤ら顔の酔っ払いがいる。駅のホームではベンチで器用に体を折りたたんで寝ている酔っ払いがいて、改札を出ると数人の酔っ払いが大声で奇声を発している。自宅への暗い路地を歩いていると前方をおぼつかない足取りで歩いているいくつかの人影を見かける。酔っ払いが帰巣本能により自宅へと向かっている光景だ。下戸である僕はその光景を見ながら、映画『ナイト・オブ・ザ・リビング・デッド』（68）で暗闇を徘徊するゾンビを思い出して静かに微笑んでいる。

鈴木毅　すずきたけし

1974年栃木県生まれ。ミニシアター「シアター駒鳥座」を店内にもつ本屋「16の小さな専門書店」（千葉そごうジュンヌ館）店長。朝日出版社webマガジン《あさひてらす》にて小説『16の書店主のはなし』を連載中。挿画に『偉人たちの温泉通信簿』（上永哲矢、秀和システム）。

5

酔っぱらいレッスン

下戸も飲む夜、大酒飲みが飲まぬ夜

大竹聡

長きにわたって酔っ払い、また、酔っ払いの傍らにいて日夜観察に勤しんできた私の見解として、下戸には三種類ある。

第一に、本当の下戸がいる。

まったく飲めない。ビールのコップ一杯も厳しいという。

私はその厳しさ苦しさを知らぬから、はたしてそんなことがあるのかと思わないでもないが、ダメなものはダメだという。しかし、それはそれで、受け付けないものを無理に摂取する必要はないし、こういう人に飲ませてはいけない。

酒飲みの中には、酒を飲まない人は人生の楽しみの半分を知らないというようなことを言う人もいるが、競馬好きが、ギャンブルにまるで興味のない人に、「馬をやらないと人生の半分損したようなものだよ」と言うに等しい。

いわずもがな、だが、賭け事は、やらなければ負けない。やれば、滅多に勝てない。

たまにはいい思いをするが、それはあくまで、たまさか、のことである。競艇なんか簡単だと放言した後、ひとっつも当たらなくなって、失言であったと自ら認め謝罪に追い込まれた本の雑誌社の編集者を私は知っているが、他人事ではないのだ。やらないと半分損をするどころか、やればほぼ確実に損をする。勝つには余程の才能と運が必要になる。

酒にしても同じである。

月など見ながら飲む酒はうまいし、気の置けない仲間と談笑しながら飲むのも楽しい。けれど、万事、節度が大事である。度を超せば、おいしい液体は指の間をするりと抜けて地面にしみこみ、取り戻す術とてない。もう少しわかりやすく言うと、反吐になってしまえば、残るは深い酔いだけだ。ときに後悔。失敗の記憶。ああ、明日は謝罪に追い込まれるのだという屈辱、そして諦念。

金、時間、友人の信頼、家族の絆、失うものをあげたらキリもなく、

「この人も飲まなきゃいい人だったのに」

と、私の遺影を眺めながら友人知人が語り合う通夜に思いを馳せれば、ああ、飲まなきゃよかったと棺の中で臍を噛む姿、ありありと見えてくる。

つまり、下戸、大いにけっこうだ。とくに、まったく飲めないという体質の方は、ちょっとした幸運をもって生まれてきたと考えてよろしいのではないでしょうか。

下戸その二。

少しは飲めるのに、飲めないと公言している人がいる。実は、お酒をサービスする側の人にもこういう人はいるもので、私も何人か知っている。

最初は、体質的に受け付けないタイプの人なのかな、と思った。そういう体質の人が酒を提供できるのか、と思う向きもあるかもしれないが、酒を提供する人が酒豪である必要はないし、カクテルの調合なども、味覚がしっかりしていればいいわけで、実は問題ない。逆に、酒好き過ぎる主人が営業中にすっかり酔っぱらっちまってラチがあかない、なんてこともあり、これはいただけない客がいたたまれない思いをする。

酒をサービスする自称下戸には、ある客に付き合って一杯飲んでしまえば別の客にも付き合わないわけにはいかないから、まったく飲まぬのだと言い切っている人も多いと見た。致し方のないことであり、責められるべきことでは毛頭ない。

それはともかく、この手の人たちは、実は飲める下戸である。

どんなとき、彼らは酒を飲むのか。

人それぞれだろうが、おそらくはいい日に飲む、という感じではないか。

少しばかりの酒を気兼ねなく飲める晩に、少しだけ飲むのだ。なんとも穏当な酒で、私なんぞのような荒れ加減の酒を頻々と飲む者からすると、かえって羨ましいような気さえする。

さて、こうしたいわば職業上の事情のある人のほかにも、飲めないわけではないのに飲めないと言っている人はいる。

飲めないのではなく、飲みたくない人、ということになるだろうか。

なぜ、飲みたくないか。

勝手な推測だけれど、酒の味がそもそも嫌いということがあるだろうし、一方では、酒そのものは嫌いじゃないが、酒に強くないのですぐに酔ってしまうのが嫌だ、という人もいるだろう。

酔うと、要らぬことを口にしたり、態度が乱れたりする。誰にでもあることだし不思議でもなんでもないが、人によっては、それを良しとしない。

酔っている人の言葉や態度を見て自分もそうなってはいないかと気にかかる性質の人ならば、人前で酔うのを嫌うのも無理からぬことだろう。

さりとて、宴会とか打ち上げとか、酒の入る席をすべて排除するのは難しい。酔いたくはないが出なければならない酒の席がある。そんなとき、

「決して飲めないわけではないけれど、酔ってみっともないことになるのは嫌なので、私、お酒はご遠慮します」

とは、なかなか言えまい。逆に、

「わたくし、下戸なもんですから」

のひと言は、実に効果的だ。

しかしながら——どうにもしつこくてすみませんが——この人たちは飲めないわけではないのである。

では、どんなときに飲むのだろうか。いいことがあった晩か、やけくそ気味の晩か。いずれにしても、今夜は酔っても構わないという、ひとつの決意のもとでの酒ということになろうか。

できれば、嬉しい気持ちを倍増させるような酒であってほしい。殺伐としたやけ酒であってほしくない。

けれど、まあ、いずれにしても、それほど酒が得意というわけではない人たちのお酒であるから、妙に長引くこともなく、酔ったかなと思ったらもう、にわかに眠くなり、ぐっすり眠った翌朝には、ほぼダメージなし。そんなふうな、やはり具合のいい酒になるのではないか。

こうして見てくると、本物か自称かはさておき、下戸というのは悪くないな、と思われる。飲めなくて、あるいは飲まなくて、なんの問題もない。

ただし、ひとつだけ、私には腑に落ちない言葉がある。「お酒は飲めないけれど、お酒を飲む場の雰囲気は好き」というヤツ。

これまで、どれだけ聞いたかわからないくらい、これに類する言葉を聞いてきたが、どうにも、よくわからない。酒場の雰囲気は、大衆酒場と小料理屋ではまるで違うし、もつ焼き屋にしても、でかい箱の店と、カウンターのみの店と、やはり別物だ。酒を飲む場の雰囲気が好きと言われても、いったいその雰囲気とは何かが、あらゆる酒場に首を突っ込んできた私には、かえって理解できない。

「飲むのはウーロン茶でいいんです。私はこの雰囲気が好きなんですから」

「雰囲気って、どんな？」

「まあ、酒場の雰囲気といいますか」

「はあ、そんなものでしょうか。雰囲気もいろいろですが」

という具合に、会話はまるでかみ合わない。

実はこういうとき私は非常に悩んでいるのだ。ギャンブルは大嫌いだが競艇場の雰囲気は好き、という人を、私は見たことがないからである。

下戸その三。

大酒飲みの下戸である。そんなもの、下戸と言わない。そう言われたらそのとおりかもしれないが、たしかに以前は下戸であった人が、あるときを境に大酒飲みに変身していることがある。

幼虫から成虫になるときに、バッタのように外形もあまり変わらない昆虫がいて、これは不完全変態を遂げて成虫になる。一方で、カブトムシや蝶々のように、芋虫みたいだったのが、サナギになって、やがて、幼虫時代からは想像もできないような成虫になる種類もいる。これらが遂げる変態を、完全変態という。そして、今、話題にしている第三の下戸はまさにこの、完全変態下戸と呼ぶべき変わりようを見せる人たちだ。

私は、二人、知っている。かつて飲まなかった大酒飲みは壮絶だ。四〇歳近くまで一滴も飲まなかったという人が、大量に飲み、完璧に酔うのである。ベロンベロンである。ベロンベロンになるまでの間には、軽く手も震えていたりする。

これが下戸の完全変態。稀なケースだとは思うが、いることはいる。

以上見てきたように、下戸には「本物下戸」「自称下戸」、それから「サナギ」。この三種類があるようである。

さて、蛇足ながら、下戸も飲む夜があるのだから、大酒飲みが飲まぬ夜についても触れておきたい。

どんな夜か？　休肝日？　そういう話ではない。大酒飲みが飲まぬ夜というのは、飲めぬ夜のことである。「もぅ、飲めましぇん！」という夜のことなのだ。

どんなにひどい二日酔いでも、夕刻にでもなれば蕎麦の一杯くらい、と思う。けれど、それも若かったときのことであって、私なども昨今、二二時を過ぎてようやく最初のビールに口をつけるという夜がある。下手をすると、そのひと口にたどり着かぬまま、結果的に休肝日になっていることさえある。

しかし、大酒飲みも本物になると、話が違う。名優・大滝秀治さんは、ご自宅で、昼間に亡くなられているが、前夜まで家族と酒を召し上がったという。歌人・若山牧水にいたっては、亡くなる当日の朝、五合の酒を飲んだとか。

モノが違いますよ。飲めない晩などないのである。こういう人たちとの比較において、私は大酒飲みに入らない。凡庸な小酒飲みとして、今夜もひーふー言いながら飲んでいるのです。

大竹聡

おおたけさとし

ライター・作家。１９６３年、東京の西郊の生まれ。早稲田大学第二文学部卒業後、出版社等勤務を経てフリーに。『酒とつまみ』誌初代編集長。著書に『最高の日本酒関東厳選ちどりあし酒蔵めぐり』（双葉社）、『新幹線各駅停車こだま酒場紀行』（ウェッジ）など多数。近著に『酔っぱらいに贈る言葉』（筑摩書房）。

酔っぱらいに贈る言葉

ちくま文庫

本体680円+税

古今東西の小説家、落語家、そしてタクシー運転手が残した酒にまつわる五十の名言をもとに、酒の底なしの魅力を綴る。文庫書下ろし。

漱石

太平の酒

佐藤寛子

酒を呑むときは果たして何も考えない。何も考えないために呑むのである。私はただビールでも日本酒でもワインでも、あれば何でも呑む。色気がない。

ところが漱石先生は、猪口一杯の酒に人間を映す。

漱石は下戸である。胃腸もよくない。酒とは縁がなさそうな体質だが、ふしぎなことに、漱石は酒を愛したように思える下戸であり、その文章は酒を呑みたくさせる。言わずと知れたデビュー作「吾輩は猫である」の中で、自身をモデルとした苦沙弥先生は日記にこんなことを書いている。

余は年来の胃弱を直す為に出来得る限りの方法を講じて見たが凡て駄目である。只昨夜寒月と傾けた三杯の正宗は慥かに利目がある。是からは毎晩二三杯宛飲む事に仕様。

弱った胃袋に酒が良いなんて道理はないと思いつつも、ありとあらゆる療法を大真面目に試した先生の言うことなら、なんとなく良いような心持がして、私も毎晩やってみようかしら、などと言い訳を手に入れた気分にもなる。

漱石自身、「酒は飲まぬ、日本酒一杯位は美味いと思ふが、二三杯でもう飲めなくなる」（「文士の生活」）と言っているように酒にはよほど弱かった。「一杯飲んでも真赤になる位ですから到底酒の御交際は出来ません」（「文士と酒、煙草」）という言葉も残っている。酒のつき合いが人間関係に影響するのはいつの時代も変わらない。酒のあるところ情あり。下戸の漱石はその様を人一倍か何倍か、詳細に観察し写しとっていたようで、その小説作品にはたびたび酒の席が描かれる。

たとえば「それから」にはこんな箇所がある。同窓の代助と平岡は、昔はよく酒を呑んで本音をぶつけ合い議論を戦わせる仲だった。しかし近頃では大分離れてきた。代助は平岡に知らせたいことがあるが、言うか言わぬか胸の内で悶々と思案するにとどまっている。結局「肝心の話は一二言で已め」て、「あとは色々な雑談に時を過ごすうちに酒が出た。三千代が徳利の尻を持つて御酌をした」と展開する。

酒に親しめば親しむ程、平岡が昔の調子を出して来た。旨い局所へ酒が回つて、刻下の経済や、目前の生活や、又それに伴ふ苦痛やら、不平やら、心の底の騒がしさやらを全身麻痺して仕舞つた様に見える。平岡の談話は一躍して高い平面に飛び上がった。

代助が昔のように思うままを明かせないでいるのに対し、平岡は酔って大変饒舌になる。平岡の様子に、自分たちの関係を昔に返そうとする努力を認めるものの、代助はやはり酔いきれない。酒の力を借りることや、酒の力に抗うことのうちにあらわれる人間関係の機微が伝わってくる。

似たような晩酌でも、また違った趣もある。「こころ」の一場面を見てみる。

ある時私は先生の宅で酒を飲まされた。其時奥さんが出て来て傍で酌をして呉れた。先生はいつもより愉快さうに見えた。奥さんに「御前も一つ御上り」と云つて、自分の呑み干した盃を差した。奥さんは「私は……」と辞退しかけた後、迷惑さうにそれを受取つた。奥さんは綺麗な眉を寄せて、私の半分ばかり注いで上げた盃を、唇の先へ持つて行つた。

読者には結局、軽くすぼめたであろう唇が、盃へ触れたか触れなかったのかわからない。

先生もまた「元来酒量に乏しい人」で、「ある程度迄飲んで、それで酔へなければ、酔ふ迄飲んで見るといふ冒険のできない人」だったという。酒を呑んで機嫌よく笑い合うこともなく、子供もおらず、夫婦と下女だけの家の中はいつもひっそりとしていて淋しい。先生と奥さんが二人して酒に親しめないという描写が、この家庭の危うさと頼りなさを伝えているように思える。

こうした場面描写での採用にとどまらず、酒と漱石には、さらに深いつながりがありそうだ。胃弱酒弱の漱石自身が、主人・苦沙弥のモデルとなった「吾輩は猫である」には、酔うことへのあこがれが通底している。苦沙弥先生の家を舞台として、いろいろな人物がそこへ上がり込み、尻を落ち着かせ、思い思いに喋り散らす。なかでも口達者なのは「迷亭」という人物である。「酩酊」を想起させる彼の饒舌っぷりはとどまるところを知らず、嘘か真か担ぐような話を誰彼かまわず披露し、周囲はどういうわけだかそれを真剣になって聞く。迷亭さえいれば人は集まり場が盛り上がる。正体がないようでいて、どこまでも愉快にシラフだ。もし「酩酊」状態のまま生きていけたならば。慢性的な胃病に悩まされる漱石が書く「猫」には、たびたび死や自殺についての言及がある。苦沙弥は死を身近に感じながら、みなが陽気になる酒というものを、呑めないにもかかわらず切実に求める。陽気になろうとして大真面目に意地を張る。ただ「酒に弱い」ということがこれほど人間の魅力になるなんて、ふしぎである。

「酒をもう一杯飲まう」と杯を出す。

「今夜は中々あがるのね。もう大分赤くなつていらつしやいますよ」

（中略）今夜に限つて酒を無暗にのむ。平生なら猪口に二杯ときめて居るのを、もう四杯飲んだ。二杯でも随分赤くなる所を倍飲んだのだから顔が焼火箸の様にほてつて、さも苦しさうだ。夫でもまだ已めない。「もう一杯」と出す。

ところで、酩酊を地でいく迷亭は、自ら酒をたずさえてくるわけではなかった。酒は物語の終盤、集まった客人と苦沙弥らの談話が盛り上がっているところへ、元書生である多々良三平によって持ち込まれる。人間たちが酔っぱらう様はもはや捨て置かれ、短い秋の日は暮れて、皆が帰った座敷は淋しくなる。「早晩胃病で死ぬ」だろう主人の代わりに、先をいくのは「吾輩」である。「呑気と見える人々も、心の底を叩いて見ると、どこか悲しい音がする」といって、「吾輩」は人間たちの話していた「人間の運命は自殺に帰する」という説に気がくさくさしてくる。三平の残したビールでも飲んで、景気をつけてやろうとする。そうして勢いよく舌を入れ、ぴちゃぴちゃやり、我慢に我慢を重ねて一杯のビールを飲み干してしまう。陽気で、歌がうたいたくて、踊りたくて、主人も迷亭も糞くらえという気になった。そうしてはっと、我に帰った時には水甕に落ちていた。いくらもがいても沈むばかりですぐもぐる。浮いたりもぐったり苦しみが続く。そして苦しみの中で、「吾輩」はこう考える。

> もうよさう。勝手にするがいゝ。がり〳〵はこれ限り御免蒙るよと、前足も、後足も、頭も尾も自然の力に任せて抵抗しない事にした。
> 次第に楽になつてくる。苦しいのだか難有いのだか見当がつかない。（中略）只楽である。否楽そのものすらも感じ得ない。日月を切り落し、天地を粉韲して不可思議の太平に入る。吾輩は死ぬ。死んで此太平を得る。太平は死なゝければ得られぬ。

生きているうちはどんなに苦しくてもなかなか死なない。自殺しようにもいざしようと思うとこわくて死にきれない。生と死の境をシラフで越えることはできそうになく、太平は得難いものである。「吾輩」は一杯のビールでうっかり酩酊し、生と死の境に飛び込んでしまったのだった。

「猫」の三年後に発表された「夢十夜」第四夜には、もっと余裕のある呑べえが現れる。

煮しめを肴に熱い酒をぐいぐいと飲み干していた爺さんが、気持ちよさそうにふうっと息を吐いて、表へ出、河原のほうへ真直ぐ行く。脈絡のない歌をうたいながら、そのまま真直ぐ河の中へざぶざぶ入り、頭までまるで見えなくなり、夢を見ている子供姿の自分は岸に取り残される。爺さんは向こう岸に現れない。果たして死んだのだろうか。それとも異なる世界に消えたのだろうか。生きているのか死んでいるのか、何が何だかわからないが、溺れ死ぬはずの河を生と死の境とも思わず、何のためらいもなく歩んでいけること、そしてそれがたっぷりの酒と結びついていることに、すがすがしさを覚える。こんな酒を、喉を熱くして呑んでみたい。きっと太平の味がする。

佐藤寛子　さとうひろこ

1990年東京生まれ。校正者。早稲田大学大学院文学研究科修士課程修了（日本近現代文学専攻）。

東京堂書店神田神保町店　酒と食を読むフロア発！

酔っぱらいの気分がわかるブックガイド

酒の後悔

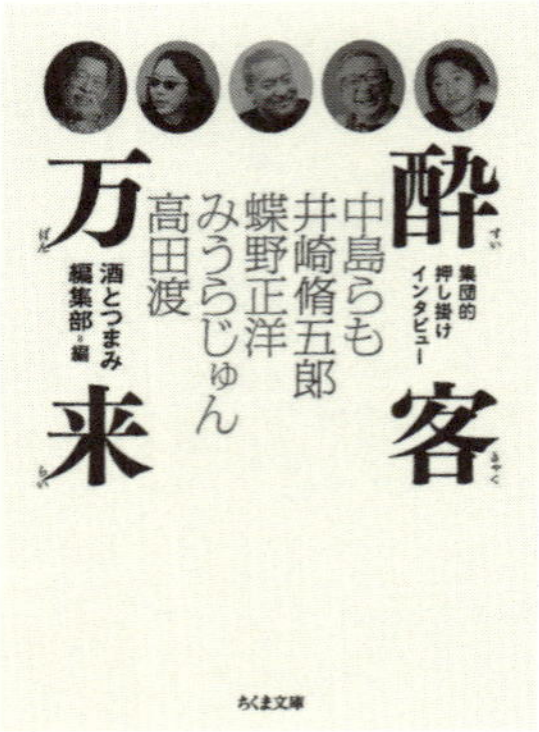

酔客万来

酒とつまみ編集部編

ちくま文庫

今は亡き「中島らも」「高田渡」そして恐らく当代1番の酒豪「井崎脩五郎」他2名の酒飲み談議。酒中日記的なものは数あれど恐らく本書がアルコール臭最高値！

一人酒

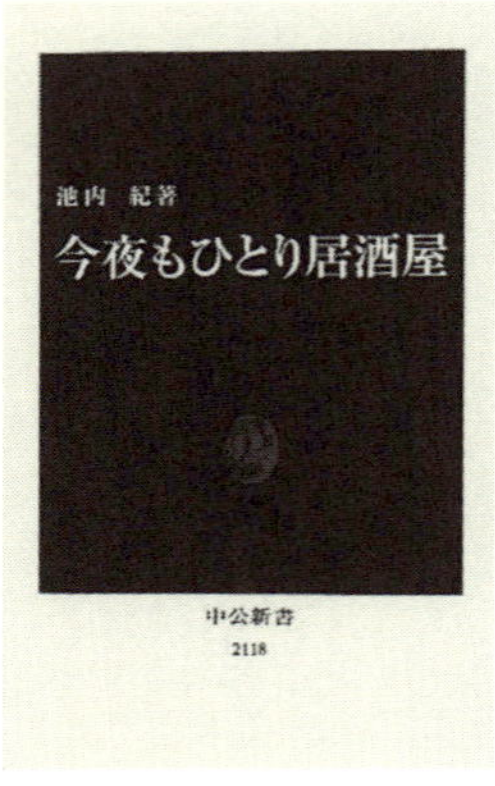

今夜もひとり居酒屋

池内紀

中公新書

えっ！これ中公新書？　独特の雰囲気が漂う池内先生の文章。これは読ませる！　冒頭の「二合半のおじさん」だけで居酒屋の真髄がわかる。一人飲みビギナーよ、これを読めば狙いの店に今晩から立寄りＯＫ！

“揚げピーが有ればいくらでも飲める”
河合靖店長・選の４冊

酔いの醍醐味

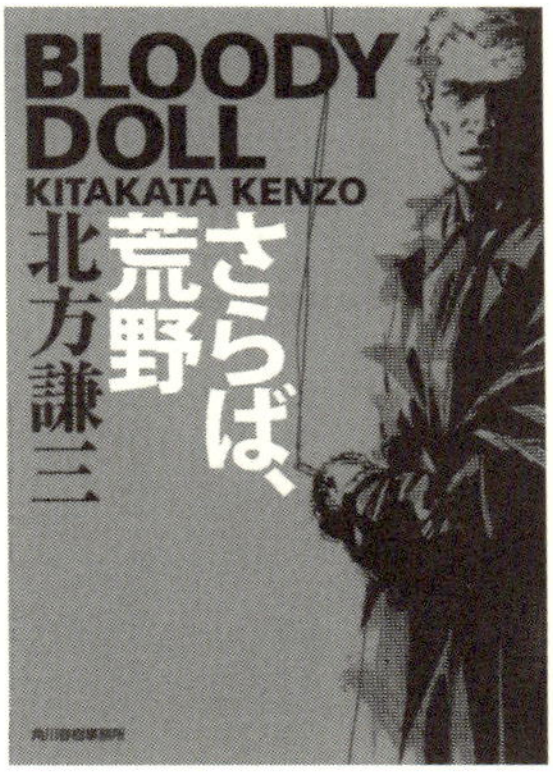

「ブラディ・ドール」シリーズ
北方謙三
ハルキ文庫

酒場、音楽、車、女に関する悶絶必至の多数の描写。「男とはこうありたい」と思わせる人生の指南書。グタグタ飲むのも最高だがたまには格好良く行こうじゃないの。

マイベスト

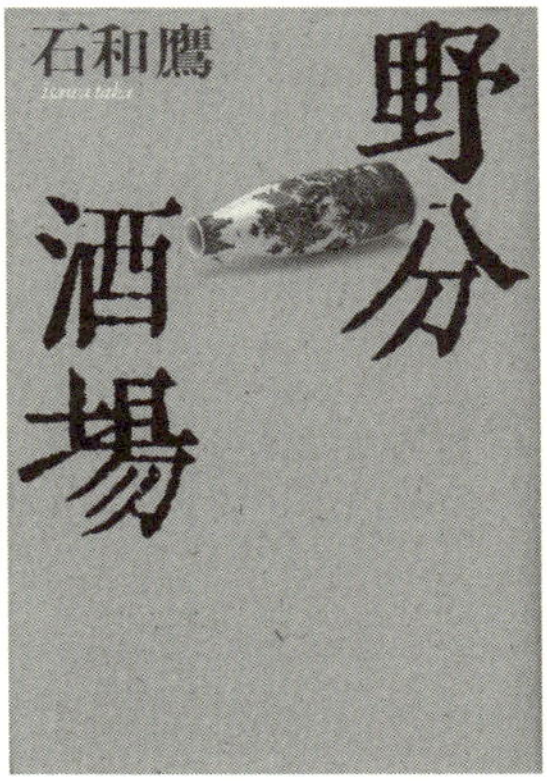

野分酒場
石和鷹
福武文庫

今や絶版で読む事が出来ない短編集ですが、未だに酒に関する読み物では僕の中のベスト１です。石和鷹の著書はどれも素晴らしい。復刊切望！

かもめブックス・柳下恭平選

酔っぱらいが酒気分に浸る８冊

剃髪式（フラバル・コレクション）

ボフミル・フラバル、阿部賢一・訳

松籟社

フラバルはチェコの作家。ビール醸造所で幼少時を過ごしたフラバルが、自身の母を語り手においた物語。ボヘミア地方ヌィンブルクのビール醸造所を舞台に建国まもないチェコスロヴァキアを描く。「チェコってビールの聖地なんです。これはビール醸造所の話なので、酒を飲むというよりは酒が近い。ビール広告を練ったりとずっとビールが近くにあるのがビール好きにはたまらない」。

輪切り図鑑 大帆船

画・S・ビースティー、文・R・プラット、北森俊行・訳

岩波書店

18世紀の大帆船を船首から船尾まで10か所で輪切りにし詳細に図解。乗組員の生活が現われる。「荷物でぎっしりの中に、ラム酒の樽がいろんなところに押し込まれているんです。長い航海には水よりもお酒の方が保存に向いていた。海賊がなぜ赤ら顔かといえば、お酒を飲んでいたから。海で生きるためにラム酒を飲む。そんな酒文化を思い起こさせてくれます」。

007 薔薇と拳銃

イアン・フレミング、井上一夫・訳

創元推理文庫

007シリーズの短編を5編収録。『薔薇と拳銃』に〝安酒をうまくする一番の方法は、高いソーダを使うのにかぎる〟と、ジェームズ・ボンドが安い酒をペリエで割るシーンがあります。舞台はフランス、お酒が洒脱です。"FOR YOUR EYES ONLY"（あなただけが見て）という短編の原題を『読後焼却すべし』と訳すのもすばらしい」。

世界の名酒事典2019年版

講談社

国内唯一の酒の事典。「2017年頃ならカバランという台湾ウィスキーが登場。2016年は山崎が賞を取ったとか、お酒には毎年のトレンドがある。スペインにはこういうシードルがあるのか、なんてめくっているだけでも楽しい。ワインのエチケット（ラベル）のこととか、壜の形、色、コルクの長さは全てお酒に合わせて作られているのも分かる。お酒ってこんなにたくさんあることをぜひ知ってください」。

サヴォイ・カクテルブック

ピーター・ドレーリ、サヴォイ・ホテル・編著

日暮雅通・訳

パーソナルメディア

名門ホテルの名バーテンダーによるレシピ877種を掲載。「サヴォイはイギリスのロンドンにあるホテルで、そこのバーで作ったカクテルは世界のスタンダードになるほど。カクテルの聖地と言われている。元々は内輪のレシピ集だったものが望まれて刊行に至ったらしいです。レシピもスタンダード。カクテルを作る時の基準にしているバーテンダーは多いでしょう」。

言葉にして伝える技術
ソムリエの表現力

田崎真也

祥伝社新書

「匂いとか味は言語化できないものです。この本は、ソムリエがどうやってワインの味や香りを言語化しているのか、正確な表現へのこだわりを明かしてくれた本。安易に『肉汁がじゅわっと』というんじゃなくて、リキッドのことを伝えるためにプロのソムリエが何を考えているのかがよくわかります。下戸の人でも文字からお酒を知ることができますよ」。

アンソロジー　そば

パルコ出版

「39人の著名人によるそばについての文章がまとまっています。酒が出てくるわけじゃないのに、読んでいると日本酒を読みたくなるんです。日本酒は世界で最高の食中酒だと思う。ウィスキーは刺激が強いハードリカーなので、食中には向きません。日本酒はお米を使っていて、お出汁ととても合う。それで蕎麦と合うんですね。表紙の写真もいいんですよ」。寄稿陣には池波正太郎からタモリ、黒柳徹子の名もある。表紙写真は小林キユウ。

李白詩選

松浦友久編訳

岩波文庫

李白の主要作品120首を収録。「李白は酒飲みで、詩も酒を詠んだものが多い。『友人會宿』は、友達とたのしく飲んで、帰り道に気分がいいなあとそのまま外でごろんと転がったという詩。〝天地即衾枕〟、天が布団で地が枕だと締めます。酒飲みの気分そのままに詩を書いていて、のびのびとしている。李白はいつも友達と酒を飲んでいていいなあ」。

6

下戸とお酒と

酔っぱらいを観察しよう！

アルコール血中濃度で眺める酔っぱらい6段階

爽快期

0.02～0.04%

ビール中瓶 ～1本
日本酒 ～1合

さわやかな気分になる
皮膚が赤くなる
陽気になる
判断が少しにぶくなる

ほろ酔い期

0.05～0.10%

ビール中瓶 1～2本
日本酒 1～2合

ほろ酔い気分になる
手の動きが活発になる
抑制がとれる（理性が失われる）
体温上昇、脈が速くなる

お酒を飲むと、血液に溶け込んだアルコールが脳を麻痺させることで「酔い」が生まれる。血中と脳内は同じ濃度だから、酔いの程度はアルコールがどのくらい血液中にあるかが目安になる。濃度が増すほど脳の麻痺も進み、酔いが回るという仕組み。

酩酊初期

0.11～0.15%

ビール中瓶 3本
日本酒 3合

気が大きくなる
大声でがなりたてる
怒りっぽくなる
立てばふらつく

昏睡期

0.41～0.50%

ビール中瓶 10本超
日本酒 1升超

揺り動かしても起きない
大小便はたれ流しになる
呼吸はゆっくりと深い
時に死が訪れることも

泥酔期

0.31～0.40%

ビール中瓶 7～10本
日本酒 7合～1升

まともに立てない
意識がはっきりしない
言語がめちゃめちゃ
になる

酩酊期

0.16～0.30%

ビール中瓶 4～6本
日本酒 4～6合

千鳥足になる
何度も同じことをしゃべる
呼吸が速くなる
吐き気、嘔吐が起こる

注・酔い方には個人差があります
※アルコール健康医学協会のHP及び「新適性飲酒の手引き お酒と健康ライフ」、週刊ダイヤモンド2019年1月12日号を参考に作成

下戸が知っておきたいお酒のあれこれ

どうして酔うの？

「酒に酔う」症状・その1は脳の麻痺状態。なんで脳が麻痺しちゃうのか。お酒を飲むと胃と小腸でアルコールが吸収され、血液に溶け込みます。血中アルコールは肝臓に辿りつくと、まずアセトアルデヒドに分解され、アセトアルデヒド脱水素酵素（ALDH2）等により酢酸になって体外へ排出されます。ただ肝臓の処理能力は限られているので、分解しきれなかった血中アルコールは体内をぐるぐると循環することに。アルコールを詰め込んだ血液はもちろん脳にも届き、脳神経を麻痺させるのです。

症状・その2は有害物質アセトアルデヒドを原因とする体調不良。肝臓でのALDH2の働きが弱いと体内にアセトアルデヒドがたまり、頭痛や吐き気、動悸を引き起こします。顔が赤くなるのも、アセトアルデヒドの毒性が血管を拡張させているから。「酒に弱い」は、「アセトアルデヒド脱水素酵素2型（ALDH2）の働きが弱い」ということなのです。

酒を飲むと豹変するのはなぜ？

アルコールの摂取が進むと、脳内の理性をつかさどる大脳新皮質に麻痺が及んでタガが外れます。抑制していた感情が表出、解放感からか気も大きくなります。「本音のお酒」の時間はこうして幕を開けてしまうのでした。

「飲めない」が多数派？

日本人は世界でもダントツに下戸系で、日本人の約44％はお酒に弱い体質です。みんなアルコールを分解する酵素の働きが弱いんですね。分解酵素の働き具合は遺伝によるもので、鍛錬では克服できません。無理は禁物です。

下戸が多いのは三重県⁉

原田勝二・筑波大学元教授による研究で判明した都道府県別の「お酒に強い／弱い」。酒に弱いベスト5は、1位・三重、2位・愛知、3位・石川、4位・岐阜、5位・和歌山。酒に強いベスト5は、1位・秋田、2位・岩手、同率2位・鹿児島、4位・福島、5位・埼玉の各県となりました。分解酵素の働きが強い遺伝子（酒豪型）の出現を調べたもの。

ジンジャーエール二大派閥

ジンジャーエールはイギリスに古くからあるショウガ風味のビール、ジンジャービアから派生したノンアルコール飲料。飲み会、会食、ＢＢＱ……、いつも下戸を助けてくれる薄甘炭酸２大ブランドの歴史を学ぶ。

カナダドライ ジンジャーエール

日本で１番飲まれているジンジャーエール、それはカナダドライ。ソーダ水製造販売業のカナダ人ジョン・Ｊ・マクローリンが「アルコールの入っていないシャンパン」をめざし作ったジンジャーエールが、１９０４年に完成した「CANADA DRY PALE GINGER ALE（カナダドライ ペール ジンジャエール）」。ゴールドのシャンパンカラーで「シャンパン・オブ・ジンジャーエール」と呼ばれたそうです。１９２０年、禁酒法下のアメリカでアルコール飲料の代替品として人気を獲得、世界中で愛される現在の姿に至ります。

ウィルキンソン ジンジャエール

平成元年より「ジンジャエール」表記に統一、お洒落な瓶入りが人気のウィルキンソンは、宝塚生まれのブランドだったと知っていました？

時はさかのぼり1889年（明治22年）頃、来日していたイギリスの実業家ジョン・クリフォード・ウィルキンソンが、兵庫県宝塚で炭酸鉱泉を発見。明治37年に彼の経営する「ザ クリフォード ウヰルキンソン タンサン ミネラル ウォーター有限会社」神戸支店ができ（本社は香港）宝塚工場が操業開始、「ウヰルキンソン タンサン」と名づけられた炭酸水の販売が進みます。大正時代には「ウィルキンソン ジンジャエール」が登場。辛味ある味わいはクリフォード・ウィルキンソンの故郷・イギリスの正統レシピから。昭和に入って発売された「ウィルキンソン ドライジンジャエール」はソフトな味わいに。ちなみに「ドライジンジャエール」の「ドライ」は「さっぱり、さわやか」といった意味で「辛口」を指す言葉ではないそう。現在はアサヒ飲料が製造・販売しています。

参考　カナダドライ（日本コカ・コーラWeb）
https://c.cocacola.co.jp/canadadry/history/
ウィルキンソン（アサヒ飲料Web）
https://www.asahiinryo.co.jp/wilkinson/sp/history/

7

下戸の生態

1

「お酒を飲まない」ことで**損**をしているなあと感じることを教えてください。

出会いのきっかけみたいなものは一つ少ないのかなと思います。

仲良くなりたい人との距離を縮めるための方法が１つ減ること。

付き合いが悪くなる。

飲み放題で余計に払わなければならないこと。

食べ物として「美味しいもの」を知らないままでいる可能性。

コミュニケーションに偏りがでてしまう。誘ったり誘われたりすることが少ない。

飲み会が楽しくない。

お酒のお付き合いができないこと。宴会などでは飲めると楽しそうですし。最近ではお酒のお付き合いもあまり重要ではなくなってきましたけど、自分が若いころはやはり重要なコミュニケーション事項でした。それから飲めると食事も美味しく食べれそう。

飲みの席で周りが酔い潰れてしまい、後始末をする羽目になる。

洋酒の入っている料理やデザートを食べられない。

小説、エッセイ、その他もろもろの読み物を読んでいると、酒飲みの武勇伝や失敗談などが、いかにも面白そうなテイストで書かれていることがあるが、何がそんなに面白いのかよくわからなくて、残念。

気持ち良くなれない。

「お酒を飲まない」ことで**得**をしている、飲めなくてよかったことを教えてください。

2

正直あまりない。
お金をつかわないことぐらい。
自分は飲めるほうがいいと思ってます。

酔って話したことは結局忘れてしまうので、
判断力や集中力が落ちないこと。

自分の時間の
確保がしやすい。

健康

終電で正体不明に
なっている人を見たとき。

絶対に終電を逃さない。

趣味に時間を
かけられる。

お金がかからない。

酒類のための出費が0円なので、
その分、他の遊興費にまわせています。

お酒で取り乱してる姿などを見ると、
あぁ呑めなくて良かったなと。
道を踏み外さなくて良かったなと思います。

お酒を飲まないのが日常なので、
意識して感じることはないけれど、
強いて挙げるなら余計な人付き合いをしなくていいこと。

3
飲みに行かないあなたの**夜**の過ごし方を教えてください。

読書、調べもの、
ホームページづくり。

映画を観る。

21時から始まる
お笑いライブを見に行く。

早寝早起。

喫茶店で読書。

ネットサーフィン。

自宅で趣味に没頭。

昼も夜もあまり変わらないです。
変わらないですけど、
例えば同じ本を一冊読むにも、
昼と夜で違う気分で味わえるのが面白いです。

お風呂上がりには
ペプシを飲んでいます。

ゲーム

特別なことは何も。飲む人が飲みに行かない夜と変わらないと思う。テレビみたり、本読んだり。若い時はジョギングとかしてました。

一人で趣味の時間を過ごす（楽器を練習したり、勉強をしたり、音楽を聴いていることが多い）。規則正しい生活がモットーなので早く寝て早く起きる。

冠婚葬祭の**振舞酒**をどうやって回避していますか。

4

喉を動かして
飲んでいるフリをする。

一応ついでもらって
そのまま飲まない。

なるべく冠婚葬祭には
出かけないようにします。

正直に断ります。

飲んでるフリが上手くなっていきます。
あとは「車なんです」は免罪符。

誰かの為には、、、一杯だけは呑むようにしてます。
あなたの為に一杯呑むよって。
(呑めないのを浸透させておく事が重要です。
浸透させておくと助け舟が入ります。)

正直にお酒が苦手であることを伝えて乗り切っています。
どうしてもの時はビールを一口程度我慢して飲みます。

「車で来てるので」と断ります。

自分の結婚式は酷かった。もういらないと言ってもじゃんじゃん注ぎにくる。足元のバケツに捨てるのですが、そのバケツも持っていかれ、初夜は台無し。今は昔と違い、飲めないと言えば無理に勧めてこなくなりました。

5 お酒を飲む人たちにひとこと！

楽しそうで良いと思います！

自分は飲めるのを
うらやましく思ってます。
体をいたわって
飲みすぎに
注意してくださいね。

飲めない人に
気を使わなくていいですよ。

お酒はほどほどに。

「飲酒室」とか
分室システム導入を！

お互い、どんな人にも
寛容な社会をつくっていきましょう。

途中で寝ても大目に見てね。

呑めない人も楽しい気持ちにさせてくれる
お酒はカッコいいと思います。

個人的にはお酒も法律で
規制した方が良いと考え
ていますが、現状は自由
ですので他の人に迷惑を
掛けない範囲で楽しんで
もらいたいです。

下戸ブックガイド

貴様いつまで女子でいるつもりだ問題

ジェーン・スー

幻冬舎文庫

今回は著者が下戸の本をピックアップ。ジェーン・スーは下戸だそうだが、お酒を飲まなくても、酒席の女子会を楽しみ、卑屈な下戸のつぶやきは生じない。(「女子会には二種類あってだな」)。「女子」「おばさん」「ブス」「ババア」など取扱いの難しい言葉を避けずに取り上げ、とげを抜き着地させる。ジェーン・スーの魅力は冷静な視線と分析にある。「女子を背負えなかった時代とそれと楽しく付き合えるようになってからのあれこれ」を書いたという本書。「母を早くに亡くすということ」というエッセイでは、父と母と自分の三人家族を落ち着いた筆致で振り返る。生活を語る文章から読む者それぞれに〝家〟を考えさせる秀作だ。

下戸ブックガイド

植木等伝
わかっちゃいるけど、やめられない!
戸井十月
小学館文庫

植木等が下戸だなんて誰が信じられようか。スーダラ節である。日本一の無責任男である。見た者をハッピーにさせるあの陽気さはお酒あってのものだと勝手に思い込んでいたが、下戸であろうとなかろうと、演技中に飲酒するわけがないのだ。その80年の生涯を眺めていくと、真面目で誠実な植木等が現われる。無責任男は何一つテキトーにこなすことはなかった。生前最後に収録されたロングインタビューを軸に、波乱万丈の幼少期、戦争を挟んで芸能界への第一歩、無責任シリーズの盟友・古沢憲吾監督との出会いなどをが綴られる、戸井十月の素晴しい仕事。弟子の小松政夫、同僚の谷啓らのインタビューも収録。

下戸ブックガイド

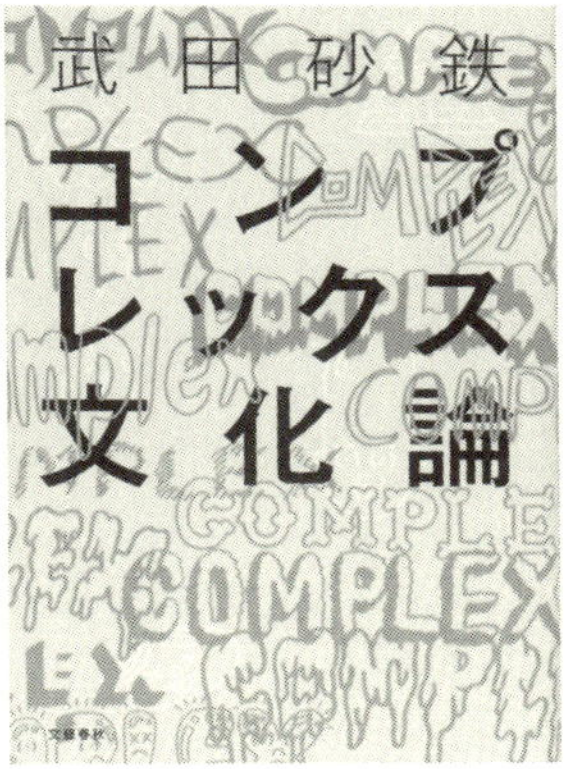

コンプレックス文化論

武田砂鉄

文藝春秋

これまであまり正面から論じられてこなかった各種コンプレックスに向き合うという主旨で、天然パーマ、一重、親が金持ちといったテーマと同列に並ぶ「下戸」の章。「とりあえずビール」「俺の酒が飲めないのか」など、酒を取り巻く一般常識に疑義を投げかけ、「下戸」がさらされてきた状況の分析と異議申し立てを展開する。飲まない人が飲むことを強制される事態に、真正面から問題であると声を上げる。「確固たる立場にいれば『すみません』はいらない」などいちいち頷かされてしまう。こんな人、今までどこにもいなかった！　下戸は拍手喝采で本書を迎え、拝読すべき。

下戸ブックガイド

アルコール　1〜3巻

西村しのぶ

集英社

ミサオは二十歳の大学生でお酒が飲めない。友達のユキがホステスをするクラブでバーテンダー見習いのバイト中、建築家の西条と知り合う。彼女を中心に酒豪のユキや西条達と、クラブや自室、大学で小気味よい会話を繰り広げる。連載スタートの1998年（ヤングユー誌）以来、他の西村作品同様、スローペースで発表されている本作（完結していないはず）。すらりと長い手足にヒールの高い靴で街を闊歩するお洒落な女子大生に、深夜に帰宅しても玄米ベースの手の込んだ和食、物が少ない暮らしぶり、オリーブの実から手間暇かけて自家製塩漬けを作るといったナチュラリストを当てはめるあたりに、西村しのぶの技が光る。

自家製ジンジャーエールの尊さよ。

すりおろし生姜入りジンジャーエール　４００円（税込）
東京・高円寺　コクテイル書房

カバー写真
表1　眞踏珈琲店（東京・神田小川町）　撮影　高橋マナミ
表4　撮影　小沢竜也

撮影
眞踏珈琲店　高橋マナミ
猫は夜に魔法をかける　小沢竜也

パフェ撮影
小学館写真室　メロンのパフェ（カフェバルネ）
斧屋　ショコラパフェ（SUGiTORA）
　　トロピカルパフェ（フルーツ大野）

校正
佐藤寛子

デザイン
松本孝一

下戸の夜

げこのよる

編者　本の雑誌編集部　下戸班編

２０１９年６月28日　初版第１刷発行

発行人　浜本茂
発行所　株式会社本の雑誌社
〒１０１-００５１
東京都千代田区神田神保町１-37　友田三和ビル
電話　０３（３２９５）１０７１
振替　００１５０-３-５０３７８

印刷　中央精版印刷株式会社

定価は表紙に表示してあります

ISBN978-4-86011-429-9　C0095